KB063431

일상愛쓰다

# 일상愛쓰다

초판 인쇄 발행 2020년 2월 3일

지은이 정은선 신재호 윤정 안은비 김진선 이흐름

펴낸이 박경애
디자인 정은경

펴낸 곳 자상한 시간
출판등록 2017년 8월 8일 제 320-2017-000047호
주소 서울시 관악구 관천로 20길 27 201호
전화 02-877-1015
이메일 vodvod279@naver.com

ISBN 979-11-969480-0-9 03800

이 도서의 국립중앙도서관 출판예정도서목록(CIP)은 서지정보유통지원시스템 홈페이지
(http://seoji.nl.go.kr)와 국가자료종합목록시스템(http://www.nl.go.kr/kolisnet)에서
이용하실 수 있습니다. (CIP제어번호 :

글쓰기 수업에서 만난
6명의 일상에세이

# 일상愛쓰다

정은선
신재호
윤 정
안은비
김진선
이흐름

자상한시간

# 차례

01

정은선

부기맨
사랑으로 보다

딸아이와 나눈 소소한 일상을 글로 남기고 싶었다.

그중에 부모의 마음으로 겪었던 일을 글감으로 삼아서

두 편의 글을 완성했다.

글감의 선택은 어렵지 않았지만

사건 중심으로 글을 이끌어 나가는 것이 무척 어려웠다.

다행스럽게도 여러 번의 수정 작업을 거치면서

군더더기가 줄어들고 내용도 좀 더 명확해지는 것을 알 수 있었다.

여전히 부족한 부분이 눈에 띄지만

글을 완성한 것만으로도 기대이상의 선물을 받은 기분이다.

그 동안 함께 수업하면서

피드백을 해준 은비씨와 작가님의 가르침에 깊이 감사드리며

딸아이에게는 나의 사랑으로 남겨지길 바란다.

# 부기맨

새벽 5시 반. 딸아이 방에서 알람이 울린다.

당신만을 당신만을 기다려요
부기부기부기맨 나를 사랑한다 해요

가수 홍진영이 부르는 "'부기맨'"이다. 요란한 반주와 노랫소
리에 새벽잠이 확 달아난다.

딸아이는 유난히 새벽잠이 깊다. 직접 깨워야 일어날 때도
있지만 주로 고음의 경쾌한 리듬의 알람을 설정해 놓고 울리
면 끄기를 여러 번 반복하면서 일어난다. 가끔은 반복되어 울
리는 소리가 짜증스런 날도 있지만 특별히 거부감을 느꼈던

알람은 없었다.

　부기맨이 처음 알람으로 울리던 날은 빠른 반주와 고음의 노랫소리가 새벽부터 기분을 어수선하게 했다. 노랫말 없는 알람에 익숙해진 탓인지 연이어 울리는 알람은 더욱 요란스럽게만 들렸다. 은근히 스트레스가 되었다. 지금은 가사를 흥얼거리며 일어날 정도로 거부감 없이 들을 수 있지만 딸아이에게 바꿔보라고 말해둔 시점에서 사건이 하나 터졌다.

　3월 말경에 시댁 형님들을 모시고 제주도 여행을 다녀온 뒤 며칠 동안 몸살을 앓았다. 그날도 밤새 근육통으로 이리저리 뒤척이며 잠을 설치다가 새벽녘에 겨우 잠이 쏟아지려는 순간이었다. 정적을 깨뜨리는 요란한 반주와 노랫소리가 귓전을 때리며 온몸의 신경세포를 바늘로 찌르는 것처럼 들려왔다.

　　당신만을 당신만을 기다려요
　　부기부기부기맨 나를 사랑한다 해요

　잠이 확 달아나면서 짜증이 덮쳐왔다. 맞은 편 딸아이 방을 향해 빨리 끄라고 소리를 냅다 질렀다. 잠시 노랫소리가 멈추

는가 싶더니 이내 다시 울리면서 곤두서 있던 신경을 극도로 자극했다. 어찌나 화가 났던지 벌떡 일어나 딸아이 방으로 건너갔다. 머리맡에 있던 핸드폰을 집어 들고 딸아이가 베고 자는 베개 옆으로 던지듯이 놓아 버렸다. 침대 위에서 튕겨 오른 핸드폰이 딸아이의 왼쪽 눈언저리를 스치면서 떨어졌다.

"아얏!"

비명과 함께 아이가 벌떡 일어났다. 순간 얼마나 놀랐든지 잠도, 화도, 몸살 근육통도 순식간에 사라지면서 가슴이 덜컹 내려앉았다. 많이 다쳤으면 어쩌나싶어 불안한 마음으로 얼굴을 살펴보려 했다. 딸아이도 잠결에 많이 놀랐는지 매몰차게 내 손을 홱 뿌리쳤다.

"아무리 시끄러워도 그렇지 어떻게 핸드폰을 던질 수 있어! 엄마, 제정신 맞아!"

이불을 떨치고 일어난 딸아이는 어이없는 표정으로 나를 쳐다보더니 곧장 욕실로 들어가 문을 닫아버렸다. 갑자기 기운이 빠지고 주춤하던 근육통이 몰려오면서 온몸이 쑤시고 아파 왔다. 새벽잠이 깊어서 나름대로 내 도움 없이 일어나 보려고 설정해둔 알람이었을 텐데 후회가 엄습해왔다. 빈 침대 위에는 엄마에 대한 실망감과 서운함만이 오롯이 남겨진 채 아침이 밝아 오고 있었다. 욕실에서 들리는 샤워 소리에 그 모든 상황을 빨리 씻어내고 싶었다. 냉동실에 얼려 두었던 생수병을 얼른 꺼내서 세안을 마치고 나오는 딸에게 내밀었다. 시큰 둥한 표정으로 언 생수병이 못마땅한 듯 보였으나 마음은 진정되어 있었다.

자식한테 드는 미안함은 마음을 아프게 한다. 그 아픔을 얼른 털어내고 싶었다. 서운했을 딸아이의 마음에 어떻게 해서든 보상을 해주고 싶었다. 평소보다 신경 써서 좋아하는 계란찜을 조리해서 식탁 위에 올렸다.

"영아야! 엄마가 미안했어. 계란찜이랑 밥 먹고 가."

딸아이는 대답이 없었다. 몇 분간의 기다림 뒤에 출근 준비를 마친 딸아이가 예쁘게 화장한 모습으로 식탁 앞에 앉았다. 왼쪽 눈가에는 약간 붓기가 남아있다. 미안한 마음으로 숟가락을 쥐여 주면서 계란찜을 앞으로 밀어주었다. 딸아이가 숟가락으로 계란찜을 떠 올리며 "몸살기는 좀 어때?" 하고 물어봐 준다.

새벽 5시 반 부기맨은 여전히 울리지만 경쾌한 리듬이 되어 내 입에서 자연스럽게 흘러나온다.

부기맨은 순수한 우리말로서 세상사에 어둡고 사람의 마음을 모르는 어리석은 사람을 뜻한다고 한다.

## 사랑으로 보다

"영아야! 엄마 무슨 옷 입고 나갈까?"

장롱에 걸린 옷들을 뒤적이며 물었다.

"편하게 입어도 돼! 오빠도 가벼운 차림으로 나올 거야."

고민 끝에 빨간색 카디건과 검정색 바지를 입고 꽃무늬 스카프를 했다. 정수리에 흰 머리카락이 다시 올라온다. 모자를 쓸까 하다가 머리빗으로 단정히 정리만 하고 지난해 여름 딸에게 선물 받은 손가방을 챙겼다.

6월 둘째 주 토요일 오후 3시, 카페에는 빈 테이블이 없다. 분위기가 조용해서 가끔 차 한 잔 생각날 때 들르는 곳인데 주말은 영 아닌가 보다. 경쾌한 음악과 사람들의 대화가 뒤섞여 왁자지껄 하다. 입구에서 실내를 훑어보던 딸아이를 따라서 뒷모습이 듬직한 청년 쪽으로 걸어갔다. 그동안 종종 소식을 전해들은 덕분에 뒷모습이 낯설지 않다. 가까이 다가서는 인기척에 고개를 돌리던 태훈이가 황급히 일어나서 인사를 했다.

"어머니 처음 뵙겠습니다 인사가 늦어 죄송합니다."

표정이 밝다. 만나서 반갑다는 말로 인사를 받고 자리에 앉았다. 태훈이는 뜻밖에도 면 티셔츠에 청바지를 입었다. 얇은 셔츠와 맞닿은 뱃살이 눈에 띄게 불룩하다. 나이가 들어도 마음에 들지 않는 것부터 보는 버릇은 여전한가 보다. 입을 옷을 고민하며 기대감으로 부풀어 있었던 마음에 태훈이의 옷차림과 뱃살은 아쉬운 첫 인상으로 다가왔다.

딸아이는 대학 2학년 때 태훈이를 과 미팅으로 처음 만났다, 벌써 8년이란 시간이 흘렀다. 그동안 몇 차례 자리를 마련하려 했지만 딸아이는 태훈이가 살을 빼고 나면 소개하겠다며 매번 미루어 왔다.

태훈이는 훤칠한 키에 체격이 좋다. 둥그스름한 얼굴에 쌍꺼풀 있는 눈빛은 정이 깊어 보인다. 눈썹도 짙고 굵다. 딸이 좋아하는 눈썹이다. 아쉬운 첫인상을 털어내며 찬찬히 살펴보는 내 눈길이 부담되었는지 태훈이는 이마의 땀을 닦으며 어색해한다. 결혼 말이 오가는 시점에 처음 보자고 했으니 조심스런 마음도 있겠지만 늘어난 체중 때문에 겸연쩍어하는 느낌도 든다.

카페 메뉴판을 펼쳐주는 태훈이에게 아이스 아메리카노 한 잔을 부탁했다. 티셔츠 끝단을 끌어내리며 일어나는 태훈이의 뱃살은 얇은 셔츠 위로 한층 두드러져 보인다. 체격에 맞는 기성복이 있을까 싶어 이해를 하면서도 섭섭한 마음에 딸에게 한마디 했다.

"엄마와 처음 만나는 자리에 티셔츠랑 청바지 차림은 너무 성의 없는 것 아니니? 양복바지라도 입고 나와야지!"

호감과 비호감이 뒤엉키면서 마음이 모호해졌다,

"체중이 늘어나면서 옷차림에 대한 관심이 없어졌어. 데이트할 때도 늘 캐주얼 차림이야, 예전에 엄마가 선물로 사준 셔츠는 아예 못 입는대"

그리고 묻지도 않은 말을 덧붙인다.

"그런데 엄마, 오빠가 나를 엄청 좋아해. 8년 동안 지켜봤지만 한결같아"

남편과 연애시절, 사랑받는 것에 대해서 저토록 담백하고 자신 있게 표현해본 적 없었다. 확신에 찬 그 자신감에 슬쩍 웃음이 난다.

문득, 유치환의 '행복'이란 시 첫 구절이 떠올랐다.

"'사랑하는 것은 사랑받느니 보다 행복하나니라

쉰이 훌쩍 넘어선 나이지만 아직도 난 사랑받는 것이 더 행복하다. 사랑해서 행복한 것보다 사랑받아서 행복한 것이 더 좋다.

태훈이가 테이블로 걸어와 주문한 차들을 내려놓았다.

"태훈아, 너는 영아의 어떤 점이 좋아?"

"그냥 다 좋습니다. 어머니."

내 말문을 닫아버리는 한마디가 돌아왔다. 사랑으로 보면 서로의 모습은 아름다울 뿐이다. 태훈이의 옷차림과 뱃살은 딸에게 사랑의 조건이 될 수 없다. 사랑을 하는 태훈이도 사랑을 받는 딸아이도 지금 행복하다.

2주 뒤 태훈이를 만나고 들어오는 딸의 손에는 빨갛게 익은 자두 한 봉지가 들려있다. 엄마가 좋아하는 과일이라 했더니 오빠가 사준 거라며 건네준다. 운동도 시작했다며 6개월 뒤에 나를 다시 만나고 싶다는 말도 전해주었다. 가장 잘 익은 자두 한 알을 꺼내서 껍질을 벗겼다. 노르스름한 속살에서 달콤한 향이 진하게 난다.

# 02

# 신
# 재
# 호

199년 어느 늦은 밤
옛동네 오래된 골목길

글쓰기가 좋습니다.

하루하루 구름처럼 흘러가는 삶이

글을 통해 근사한 날이 되었습니다.

슬픔을 글에 담아 떠나보내면

어느새 그 자리는 기쁨이 떡하니 자리 잡고

기쁨을 글에 담아 간직하면

어느새 행복이 빼꼼히 고개를 내밉니다.

그러니 글을 쓸 수밖에 없고

앞으로도 쓰는 삶을 살아갈 것입니다.

그것이 제가 선택한 글길입니다.

책에 담긴 이야기는

내 어릴 적 추억상자와 가슴 설레는 순간의 조각입니다.

글에 담은 그 시간이 빛나는 오늘입니다.

# 1997년 어느 늦은 밤

"1994년 어느 늦은 밤" 그 노래가 나에게 다가온 것은. 발표된 지 3년이 지난 1997년 어느 늦은 밤이었다.

대학교 2학년 학기 초였다. 그날도 대학교 후문 옆 시장에서 대학 동기 몇 명과 고갈비에 막걸리 한잔하며 개똥철학을 쏟아내고 있었다. 가게 안은 10평 남짓 되었을까. 동그란 테이블에 팔이 닿을 듯 좁다란 공간에서 고기 굽는 자욱한 연기와 여러 음식 냄새가 한데 어우러져 머리가 혼미했다. 잠시 화장실을 가려는 찰나에 한 무리의 사람이 가게 안으로 들어왔다. 같은 과 4학년 선배들이었다. 인사를 나누고 화장실을 갔다 돌아오니 어느새 동기들과 선배들은 합석하고 있었다. 나는 쭈뼛대며 구석 자리에 앉았다. 그때였다. 누가 내 어깨를 툭 치며 말을 걸었다. 돌아보니 처음 보는 여자 선배였다. 선배와 이야기를 나누다 2년 휴학 후 이번 학기에 복학했다는 것을 알게 되었다.

작고 마른 체구, 유난히 뽀얀 피부에 단발머리, 커다랗고 동그란 안경이 조막만한 얼굴을 더욱 돋보이게 했다. 그러나 야리야리한 외모와 달리 톡톡 튀는 목소리로 밝음을 한껏 뽐냈다. 그 선배의 주도하에 분위기는 달빛처럼 환하게 물들었다. 술자리는 밤 11시가 다 되어 끝났고 우연히 집이 같은 방향인 것을 알게 된 그 선배와 나는 마지막 버스를 놓칠까 봐 서둘러 버스 정거장으로 향했다. 다행히 간신히 막차를 탔다. 둘은 버스 뒷자리에 나란히 앉았다. 버스 안은 건하게 취해 고개를 연신 끄덕이는 아저씨, 뒷모습만으로도 사랑이 꿈틀거리는 연인, 온몸 가득 피곤함이 덕지덕지 붙은 재수생이 묘하게 어우러졌다. 좀 전의 왁자지껄함은 사라지고 가벼운 침묵이 잠시 흘렀다. 선배가 "음악 들을래?"하며 불쑥 주머니에서 이어폰을 꺼내 내 한쪽 귀에 꽂아 주었다. 잔잔한 피아노 반주로 노래는 시작되었다. 우는 듯 내지르는 가수의 애잔한 목소리가 귀를 넘어 온몸 구석구석 퍼졌다. "1994년 어느 늦은 밤"이란 멘트로 끝나버린 마지막은 짙은 여운을 주었다. 슬며시 선배를 쳐다보니 눈을 감고 있었다. 발그레한 뺨이 버스 조명을 받아 유난히도 붉게 빛났다. 창문 너머 찾아온 바람에 머리카락은 세차게 물결치고 있었다. 취한 탓일까? 노래 탓일까? 버스를 먼저 내려 집으로 걸어가는 동안에도 내내 선배가 떠올랐다.

그 뒤로도 몇 번 술자리에서 그 선배와 마주쳤다. 어느덧 선배라는 호칭은 자연스레 누나로 바뀌었다. 술자리가 파하면 우리는 늘 집으로 가는 버스를 함께 탔다. 때로는 사람들의 눈을 피해 둘만 가기도 했다. 버스 안은 우리의 콘서트장이었다. 우리는 나란히 이어폰 한쪽을 낀 채 장혜진 노래를 들었다. 노래가 끝나면 선배는 조잘대며 장혜진이란 가수에 대해 알려 주곤 했다. 데뷔한 지 이미 6년이 넘었고 발라드 가수로 이름이 알려져 있었다. 덕분에 그녀의 대표곡인 "키 작은 하늘", "꿈의 대화"도 알게 되었다. 나는 음반 가게에 가서 선배가 추천해준 장혜진 3집을 샀다. "1994년 어느 늦은 밤" 외에도 "내게로", "사랑이란 그 이름만으로도" 등 허스키한 목소리에서 나오는 애절한 발라드에 푹 빠져들었다. 언제부턴가 나에게 장혜진은 선배 없이도 찾아 듣는 가수가 되어 있었다.

우리는 점점 자주 만났다. 한창 취업 준비로 바빴던 선배를 따라 학교 도서관을 다녔다. 나도 마침 그때 편입 준비를 할 때여서 공부를 해야 했다. 친했던 동기들에게도 명분이 생겼다. 학교 수업이 끝나면 자연스레 함께 도서관에 갔다. 가끔 같은 과 사람들과 마주치기도 했지만 그냥 친한 누나 동생 사이로 생각했던 것 같았다. 그 당시 내가 기다리던 시간이 있었다. 해가 어둑해질 무렵 잠시 쉰다는 명분 아래 우리는 도서관 앞 테라스로 향했다. 도서관은 학교 건물 중 가장 높은 곳에 있었다. 한 손에는 커피를 들고 테라스 앞에 펼쳐진 어둑한 그림을 감상했다. 대학 너머 주택가에서는 자그만 빛이 뽀얗게 새어 나왔다. 선배와 나는 테라스에 놓인 벤치에 앉아 그 빛을 바라보며 장혜진 3집의 한 면이 끝날 때까지 그렇게 머물다 돌아갔다. 나는 선배로 향하는 나의 눈을 감을 수 없었다.

1학기가 거의 끝나갈 무렵. 선배는 나에게 부천국제영화제를 보러 가자고 했다. 영화를 좋아하는 공통점이 있었던 우리는 함께 영화도 보고 식사도 하며 즐겁게 보냈다. 하지만 그것이 화근이 될지는 몰랐다. 영화제를 간 날은 하필 동기 종강 모임이 있었고. 나는 선배와 영화제를 가느라 다른 핑계를 댔었다. 나중에 동기들과 술을 먹다가 취한 상태에서 누군가에게 선배와 영화제 간 사실을 말해 버렸다. 그 소문은 삽시간에 과에 퍼졌다. 그날 이후로 후배, 동기, 선배 모두. 너나 할 것

없이 나를 이상한 눈초리로 보기 시작했다. 선배와 사귀냐는 동기들의 집요한 질문 공세에 시달리기도 했으나 나는 한사코 아니라고 했다. 나는 애써 속으로 '아무 사이도 아닌데 뭐, 어때.'라며 괜찮은 척했지만 조금씩 신경이 쓰였다. 그 뒤론 선배가 있는 자리를 의도적으로 피하게 되었다. 나보다 4살이나 많은 선배가 부담스러웠을까? 아니면 선배가 나를 어떻게 생각하는지 확실치 않아서였을까.? 지금도 그 감정을 또렷이 그려낼 수 없다. 가끔 마주치는 선배의 눈빛에서 어떤 말이 느껴졌으나 외면했다. 묘하게도 장혜진의 음악도 선배와의 거리만큼 나에게서 멀어지기 시작했다. 그렇게 2학기를 마치고 나는 편입에 실패하고 군 입대 날짜를 받았다. 그러던 어느 날이었다. 방에 있던 나를 누나가 불렀다.

"야. 전화 받아봐. 학교 선배라는데?"

누나는 뭔가 수상한 눈빛으로 나를 바라보며 전화기를 건넸다.

"재호야. 나야. 방 선배. 오랜만이네."

선배 특유의 스타카토 같은 목소리가 전화기 너머로 다가왔다. 나는 순간 당황했다. 어떤 말을 어떻게 해야 할지 몰랐다. 옆에서 나를 뚫어지게 쳐다보는 누나의 감시를 피해 서둘러 서재 방으로 들어갔다. 선배는 졸업과 동시에 회사에 취업했다고 했다. 그리고 우연히 나의 동기에게 내가 군대 간다는 소식을 들어 연락한 것이었다. 잘 다녀오라는 선배의 말에 한번 얼굴 보자는 말을 하고 싶었으나 그냥 입속에서 머물렀다. 그렇게 선배와의 짧은 전화 통화는 끝이 났다. 나는 그다음 해 초에 군대에 갔고 선배를 더는 보지 못했다. 시간은 기억을 도려내듯이 선배도 점차 내 기억 속에서 희미해져 갔다.

그 뒤로 가끔 TV에서나 라디오에서 장혜진 노래가 나오면 문득 잊었던 그 선배가 떠오른곤 했다. '잘 지내고 있을까. 결혼은 했겠지. 그때 내가 용기를 냈으면 어땠을까. 군대 가기 전 한번 보자고 했더라면.' 과거는 되돌릴 수 없기에 무수한 가정을 만들어 낸다.

1997년 어느 늦은 밤. 선배도 장혜진도 불쑥 다가와 미처 피지 못한 꽃처럼 그렇게 시들어 버렸다.

# 옛 동네 오래된 골목길

　내가 어릴 적 살던 동네는 모순적인 모습이었다. 동네 입구는 거대한 성처럼 솟은 아파트단지가 수호신처럼 떡하니 버티고 있었다. 그 수호신 다리 사이를 지나 가파른 언덕길을 오르면 그제야 다닥다닥 붙어있는 주택가가 눈앞에 펼쳐졌다. 빌라, 단독주택이 어지럽게 섞여 있어 그 모습도 제각각이었다. 우리 집은 그 중간 어디쯤 위치한 주택이었다. 현대식 건물과 오래된 건물이 부조화를 이루며 같은 삶을 살아갔다. 나중에 안 사실이지만 아파트 살던 친구들이 주택가에 살던 우리를 은근히 무시했었다고 한다. 내가 무딘 건지 곧잘 아파트에 살던 친구들 만나 그곳에서 놀았었는데, 그 친구들이 속으로 그런 마음을 가지고 있었다고 생각하면 지금도 슬퍼진다.

　길은 또 어떠한가. 가운데 그나마 큰길을 필두로 5~6개의

좁은 골목길이 거미줄처럼 엮여 있었다. 그런데 신기한 게 어느 길로 가든지 그 시작과 끝은 모두 만났다. 초등학교 때 집에 도둑이 들었었는데, 채 30분도 안 돼서 경찰이 그 도둑을 잡았다. 아버지께서 어떻게 잡았는지 경찰에게 물어보았더니 "이 동네 길이 뻔해요. 결국 다 만나거든요. 길목만 잘 지키면 됩니다."라고 답했던 기억이 난다.

아파트 단지 내 길처럼 매끄럽게 포장되지 못했던 동네 길은 두꺼비 등처럼 울퉁불퉁했다. 차가 지나가는 장면을 지켜보면 꼭 신나게 춤추는 듯 보였다. 그래도 나는 그 길을 참 사랑했다. 내가 옆집 민수와 딱지치기를 해서 모두 땄던 곳이었고 첫사랑이 언제 지나갈지 두근거리며 지켜보았던 곳이었다. 때론 그 길은 내가 슬픔을 한가득 지고 걸어갈 때 나에게 '힘내'라고 친구가 되어주었고 기뻐서 뛰어갈 때 솜털처럼 푹신한 바닥을 만들어 주었다.

우리 집 위로 계속 올라가면 두 갈래의 길을 만났다. 왼쪽으로 가면 거대한 아파트단지로 향하는 곳이다. 오른쪽으로 가면 길이 점점 좁아지면서 이제 골목 끝이라는 생각이 들 때쯤 사람들 흔적이 듬뿍 담긴 돌계단이 놓여 있었다. 계단을 밟고 올라가면 자그마한 꼬마는 가늠할 수 없는 황토색 평야가 동산 앞으로 펼쳐졌다. 평야에는 계절별로 다양한 식물과 곤충들이 득실댔다. 여름에는 먼저 아카시아 꽃 속에 숨어있는 달콤한 꿀을 빨고 누가 더 잠자리와 매미를 많이 잡는지 경쟁을 펼쳤다. 친구들과 실컷 놀다 보면 어느새 해가 어둑해졌고 땀에 젖어 집에 가기 일쑤였다. 평야는 특히 가을이 되면 돋보였다. 동산에 올라 아래를 내려다보면 해바라기가 햇살을 받아 노란빛이 황금빛으로 둔갑했다. 연신 흐르는 땀을 훔치며 그 영롱한 빛에 물들었다. 도시에 살던 내가 어릴 때 곤충학자가 되는 꿈을 꾸고 시골 감성을 가질 수 있었던 것도 모두 그 골목길 끝에 있었던 평야 덕분이었다.

  한 번은 동네를 벗어난 적이 있었다. 초등학교 1학년 때였다. 옆집 민수가 좋은 것 보여주겠다고 꼬셔서 길을 나섰다. 늘 산처럼 자리 잡은 익숙한 공간을 벗어나 생전 처음 보는 큰 건물, 큰 길이 나를 스쳐 갔다. 나와 민수는 연신 낯선 공간이 주는 묘한 쾌감을 즐겼다. 그 시절 보았던 영화 '구니스'의 아이들처럼 '애꾸눈 윌리'가 숨겨둔 보석을 찾아 모험을 떠났다. 그리고 역시나 모험에는 악당이 필요했다. '저기 보이는 큰 아저씨가 우리를 쫓는 악당이 아닐까? 혹시나 보석은 저 건물 속에 숨겨둔 것은 아닐까?' 그러나 결국 우리의 일탈은 그리스 신화

속 미노스 왕을 분노케 했고, 그의 반인반우 아들을 가둔 라비린토스(미궁)속으로 밀어 넣었다. 이 길을 넘으면 다른 낯선 길이 우리를 기다렸다. 그 길을 지나가면 이제는 더 이상 알 수 없는 길이 펼쳐졌다. 나는 연신 민수에게 "이 길이 맞아? 알긴 아는 거야?"라며 민수를 사각의 링 한쪽 끝으로 몰아세웠다. 결국 민수는 울음을 터트렸고, 지나가던 마음 좋은 아주머니 손에 구조되어 간신히 미궁 속을 탈출했다. 평소보다 늦은 귀가에 어머니께 핵 꿀밤을 연신 맞았다. 우리의 모험은 민수와 나만의 비밀이 되었다. 그 뒤로 나는 낯선 길을 떠날 엄두를 내지 못했다. 한참 뒤에 알았다. 우리가 만난 미지의 공간은 겨우 길 하나 건너 옆 동네였다.

얼마 전 주말에 아이들과 부모님 댁을 방문했다. 부모님은 내가 살던 집을 떠나 옆 동네로 이사를 하셨다. 몇 년 전에 옛 동네가 재건축한다는 소식을 들었었다. 부모님 댁과는 이제 반대편에 있어서 갈 일이 없었다. 점심을 마친 후 문득 옛 동네를 가보고 싶다는 생각이 들었다. 그래서 아이들과 길을 나섰다. 동네 입구는 전보다 더 큰 수호신이 지키고 있었다. 언덕길을 올라가며 익숙한 풍경을 기대했다. 하지만 그곳은 또 다른 수호신이 그 자태를 뽐내고 있었다. 내가 옆집 민수와 딱지를 쳤던 그 길, 첫사랑에 설렜던 그 길은 잘 정돈된 아파트 단지 내 길이 되어 있었다. 뭔가 설명할 수 없는 감정이 들이닥쳤다. 길가에 잃어버린 지갑처럼 추억을 도둑맞았다. 서둘러 그 길을 지나 평야를 찾아갔다. 두 갈래의 길은 여전했다. 휴. 다행이었다. 오른쪽 길로 계속 걸어갔다. 그러나 길 끝에 있어야 할 돌계단 온데간데없었고 거대한 십자가가 나를 가로막았다. 오, 주여. 나의 평야와 동산은 하나님의 세상이 되어버렸다. 아카시아 꽃 속 꿀 따던 추억, 동산에 올라 해바라기 구경하던 추억도 영원히 기억 속에만 남게 되었다. 돌아오던 길에 얼마 전 TV에서 보았던 실향민이 떠올랐다. 그들이 자고, 먹고, 웃었던 공간이 강물이 되어 있었다. 허탈한 모습으로 집터를 찾는 그들의 눈빛 속에 내가 비쳤다. 그때는 몰랐던 그들의 감정이 나에게 쏟아졌다.

　나는 이제 아파트에 살고 있다. 단지 내 길은 잘 정비되어 울퉁불퉁했던 옛 동네 길보다 훨씬 편하다. 하지만 여전히 이 길은 나에게 타인 같다. 여름이면 돗자리 깔고 연신 부채를 흔들어대던 동네 할머니들도 없고, 빛이 사라진 어두운 골목 한편에서 건하게 취해 큰 소리로 노래 부르던 아저씨도 보이지 않는다. 시끌벅적하고 투박한 동네였지만 그 길이 주었던 정겨울은 '그리움'이란 이름으로 나를 찾는다.

　내 추억이 온통 서려 있는 그리운 옛 동네여. 다시 못 볼 정든 골목길이여.

03

윤
정

어머니의 레시피
댕강 훈장님

글쓰기는 특별한 사람들이 하는 일이라고 생각했습니다.

제가 저의 이야기를 글로 쓴다는 것도 낯선 경험인데

제 글이 무려 책으로 남게 되다니 믿기지 않습니다.

기승전결도 없고 '나'도 보이지 않는 서툰 글을

싫은 내색 없이 읽어 주며  같이 고민해준 다정한 독자님들께

특별한 감사의 인사를 전합니다.

저는 참 운이 좋은 사람입니다.

멋진 기회를 열어 주신 작가님

매시간 진지한 태도로 배움을 주신 글벗들, 너그러운 독자들

모두의 덕에 부족하지만 제 글을 써 낼 수 있었습니다.

고맙습니다.

# 어머니의 레시피

"냉장고 안에 돼지고기 있으니까 양념 좀 해 놓으렴."

오늘의 미션은 제육볶음이다. 먼저 샐러드 볼처럼 바닥이 깊고 넓게 파인 플라스틱 그릇을 꺼낸다. 거기에 작은 큐브 모양으로 얼려 놓은 빻은 마늘을 냉동실에서 꺼내 세 조각을 넣고 간장 두 숟가락, 고춧가루 두 숟가락, 고추장 세 숟가락을 넣는다. 고기 잡내가 날 수 있으니 맛술은 기본이다. 매실액을 넣으려고 보니 매실액이 보이지 않아서 설탕 한 숟가락으로 대신한다. 양념은 이것으로 끝. 맛을 보니 조금 맵다. 어머니께서 '이번에 조금 매운 고추장을 샀다'고 하셨는데 생각보다 많이 매운 거 같다. 그러나 밥반찬이니 살짝 매콤한 것도 괜찮다. 이따가 채소를 많이 넣어주지 뭐. 위생장갑을 끼고 준비된

돼지고기에 양념이 잘 배도록 꼼꼼하게 무친 다음 참기름을 두른다. 돼지고기 양념에는 참기름이 필수다. 안 넣으면 퍽퍽한 맛이 나서 영 식감이 별로다. 양념한 돼지고기는 냉장고에 넣어 두고 필요할 때 꺼내서 볶아 먹을테니 채소는 그때그때 얹어 먹을 수 있게 따로 준비한다. 느타리버섯은 손으로 길게 찢어주고 양파와 파를 썬다. 주의할 점은 너무 잘게 썰지 않는 것이다. 채소를 너무 가늘거나 잘게 준비하면 볶았을 때 서로 엉켜서 실뭉치처럼 지저분하게 보일 수 있다. 음식은 먹을 때 보기 좋은 것도 중요하니까 좀 큼직하게 썰어서 준비한다. 양념한 돼지고기와 다듬은 채소는 각각 통에다 잘 담아서 냉장고에 넣어둔다. 아! 중요한 걸 빼먹을 뻔했다. 주문이다. '맛있게 돼라. 맛있게 돼라.' 끝. 오늘 미션은 클리어.

어머니는 8살 때부터 외할머니께서 밭일을 하고 집에 돌아오면 밥상을 차려 놓고 기다리셨다고 한다. 가르쳐주는 사람은 없었지만 눈대중으로 보고 음식을 만드신 것이다. 어린 딸이 정성으로 차린 밥상은 맛까지 그럴 듯해서 외할머니는 살아생전 5명의 딸 중에서 어머니를 가장 예뻐하셨다. 그러나 안타깝게도 음식에 대한 그 타고난 감과 솜씨는 내게까지 이어지지 못해서 나는 손도 야물지 못한데다 센스도 없었다. 게 다가 부엌일에 전혀 관심이 없는 딸이었다. 어렸을 적에는 그런 나의 모습에 답답해하시며 "너는 왜 날 닮은 구석이 하나도 없냐."라고 잔소리도 하셨지만 나아질 기미가 보이지 않는 딸내미를 결국은 포기하셨던 거 같다. 어느 순간부터 "그래. 시집가면 어차피 다 할 걸." 하시며 내게 부엌일을 전혀 시키지 않으신 걸 보면.

내가 부엌에 들어가서 뭔가를 할 때는 '어버이날'과 '생일' 정도였다. 덕분에 평소에 먹는 '반찬'은 전혀 할 수 없었지만 잡채, 미역국, 밀페유나베 같은 '행사용 음식'은 흉내 낼 수 있었다. 그러나 만드는 과정이 문제였다. 매년 하는 음식은 비슷했지만 평소 전혀 해보지 않은 탓에 손이 느려서 시간이 정말 오래 걸렸다. 밤 12시에 아침 밥상을 차려드리겠다며 시작한 음식준비는 새벽 5시경이 돼도 끝이 안 났다. 그러다 보니 마무리는 부엌을 뒤집어 놓는 소리에 새벽잠을 설친 어머니의 도움을 받기 일쑤였다. 야단법석을 하고 만들어 놓은 생일 밥상은 넘치는 의욕으로 가짓수는 많았지만 하나하나 살펴보면 상태는 엉망이었다. 탱글탱글 해야 할 잡채의 면발은 퉁퉁 불어 있었고, 채소는 숨이 다 죽어 흐물흐물 했다. 간을 맞추겠다며 계속 물을 넣고 재료를 첨가하는 바람에 한솥이 된 미역국은 건더기는 많았지만 맛은 밍밍했다. 처음에는 만든 성의를 봐서 먹어 주시던 어머니도 몇 년이 지나자 맛을 보는 정도로만 조금 드셨고 나머지는 음식물 쓰레기통으로 들어갔다. 매년 반복되는 푸닥거리에 서로 지쳐서 나중에는 "생일상은 차리지 마라"고 말씀하셨는데 순간 섭섭하기보다 후련한 기분이었다. 마음을 표현할 수 있는 다른 방법도 얼마든지 있는데 굳이 못하는 일을 꾸역꾸역 해야 할 이유가 없다고 생각했기 때문이다. 나는 음식을 만드는 것을 '내가 해야 할 일'이라고 생각해 본 적이 없었다. 서른아홉 살의 가을, 이 한마디를 듣기 전까지는.

"윤정아, 나 요즘 아무것도 하기가 싫다. 정말로."

내 눈을 가만히 바라보시며 한숨처럼 내뱉은 그 말을 들었을 때의 기분을 어떻게 설명할 수 있을까. 그 작은 말은 뾰족하고 묵직한 화살이 돼서 내 심장에 정확하게 와서 박혔다. 화살은 빼려고 해도 뽑히지 않고 계속 심장 안쪽으로 깊숙하게 파고 들어가서 마음을 무겁게 했다. 커다란 돌덩어리를 삼킨 것처럼 어머니의 진심은 소화되지 않고 계속 마음에 남았다. 나는 어머니의 얼굴을 찬찬히 보았다. 잦은 염색으로 숱이 적어진 앞머리, 두드러지게 푹 꺼진 눈가, 단단하게 모인 검은 동공의 경계가 흐려져서 미묘하게 색이 옅어진 눈동자. 누군가 어머니의 시간을 갑자기 빠르게 돌려버린 거 같았다. 내 앞에 앉아있는 여성은 더 이상 '항상 젊고 강한 엄마'의 모습이 아니었다.

그 날 이후로 음식을 만드는 것은 '내가 해야 할 일'이 되었다. 나는 제대로 먹을 수 있는 음식을 만들기 위해서 요리학원도 다녀보고, 인터넷도 찾아보았다. 그러나 레시피가 문제였다. 돼지고기 300그람. 도대체 300그람은 어느 정도를 말하는 건지. 500그람이나 100그람으로 바뀌면 다른 재료의 양은 얼마나 조절해야 하는 건지. 왜 같은 음식인데 양념이 여기서는 2숟갈, 저기서는 3숟갈인 것인지. 도무지 감을 잡을 수가 없었다. 수학공식 같이 정해진 레시피는 없는 걸까⋯⋯ .

답답한 마음에 어머니께 레시피를 물어보기도 했지만 그때마다 돌아오는 대답은 "배워본 적이 없어서 설명할 수 없다."였다. 그냥 '대충' 넣고 섞은 다음 맛을 보고 부족하면 '조금 더' 넣는 거라고. 그 '대충'과 '조금 더'가 중요한 거라고 말씀드려도 늘 "나는 정확하게 설명 못해."라고 대답하시니 서운할 지경이있다. '뭔가 방법이 없을까⋯⋯' 인터넷에는 내로라하는 사람들의 요리 비법이 넘쳐났지만 요리 초보의 입장에서 너무 많은 보기는 혼란스럽기만 했다. 고심해서 하나를 고르고 따라해도 복잡하게 만든 나의 된장찌개보다 어머니께서 뚝딱 빨리 만드시는 된장찌개가 더 맛있었다. 오랜 살림의 경험에서 단단하게 쌓인 노하우는 과학적으로 쓰여진 레시피들에 비할 것이 아니었다. 어머니는 언제나 가장 간단한 방법으로 좋은 맛을 낼 줄 아셨다.

'그래. 설명을 못하신다면 내가 옆에서 보면서 기록하면 되겠구나.'

나는 어머니께서 부엌에서 요리를 하는 소리가 들리면 쫓아나가 음식 만드는 과정을 메모하기 시작했다. 처음에는 그 모습을 낯설어 하시며 민망하니 그만두라고 말리시던 어머니도 나중에는 조금씩 설명을 덧붙여 주셨다.

"윤정아, 지금은 멸치 액젓을 넣는데, 참치 액젓을 넣으면 더 맛있어."

레시피를 적은 메모가 어느 정도 쌓이자 미션을 주시기 시작했다.

"오늘은 호박볶음이랑 오이무침을 해 놓으렴."

기꺼이. 물론이죠.

어머니께서 내가 한 밥과 반찬으로 한 끼를 드시고 '맛있네'

한 마디 덧붙여 주실 때면 초등학교 때 '잘했어요' 도장을 받은 아이라도 된 것처럼 으쓱한 기분이 된다. 내가 한 음식이 음식물 쓰레기통이 아니라 냉장고로 다시 들어가는 것을 볼 때면 '이제 내가 먹을 음식정도는 스스로 해먹고 살 수 있겠구나' 싶어 뿌듯하기도 하다. 가장 좋은 점은 음식을 배우는 과정에서 우리의 관계가 예전보다 친밀해지고 부드러워진 것이다.

하루는 내가 없는 사이 어머니께서 깻잎무침을 해 놓으셨다.

"나 있을 때 하시지 그랬어요. 못 봤잖아."

"이거 손 많이 가. 어차피 너 못해."

"그래도 계속 보면 할 수 있게 되고 그런 거지."

"인터넷에 많잖아. 그거 보고 해봐."

"아니, 바로 옆에 훌륭한 요리사가 있는데 왜 인터넷을 봐?"

분명, 본 거 같다. 순간 어머니의 한 쪽 입꼬리가 슬며시 올라가는 모습을. 말하진 않으셨지만 좋으셨던 거구나……. 진작에 관심을 가지고 적극적인 모습을 보였더라면 좋았을 것을. 평소에 '우리 어머니는 좀 무뚝뚝하셔'라고만 생각하고 마음을 살펴드리지 못한 것이 미안해졌다. 그동안 해보려고 제대로 시도조차 하지 않는 딸에게 많이 섭섭하셨을 것이다. 작은 한마디에도 기분 좋아하시는 모습을 보니 그동안 내가 너무 무심했구나 싶어서 마음이 아려왔다. 10대 때는 잔소리로만, 20대에는 직장에 적응한답시고, 30대에는 어차피 시집가면 다 할 걸, 하고 흘려들었던 그 얘기들이 실은 나와의 살가운 소통을 바란 어머니의 마음은 아니었을까.

나는 앞으로도 꾸준하게 어머니의 레시피를 기록할 생각이다. 할 수 있는 한 많이. 눈으로 보고 손으로 익히고 마음으로 그 맛을 기억하고 싶다. 어머니의 레시피는 특별하지는 않지만 내게 가장 익숙하고 확실한 맛을 낸다. 이제 부엌일은 재미없어 하셔서 레시피를 적은 메모장에 새롭게 추가되는 메뉴는 거의 없지만, 어머니께서 음식을 만드시는 모습을 보고 옆에서 하시는 말씀을 듣는 것만으로 많은 도움이 된다. 야무진 손끝과 한마디 한마디의 조언. 그 모든 것이 내가 배우고 간직하고 싶은 어머니의 레시피이다.

오늘 저녁은 어머니의 레시피로 만든 제육볶음이다. 냉장고에서 잘 숙성돼서 살짝 매콤하게 감칠맛이 나면 좋겠다. 어머니께서 흡족하게 드실 수 있는 맛있는 한 끼가 될 수 있게.

# 댕강 훈장님

온 몸에 물에 젖은 솜뭉치가 주렁주렁 매달려 있는 기분이다. 화장을 지우러 방에서 화장실까지 가는 몇 발자국이 멀기만 하다. 그냥 잘까. 그러자니 두꺼운 화장이 가뜩이나 늘어난 모공을 틀어막을 거 같다. 와구와구 무언가 뜯어 먹고 싶은 마음에 오는 길에 족발도 한 팩 사온 참이다. 후우. 한숨으로 기합을 주며 무거운 몸을 일으켜본다.

'까똑 까똑 까똑' 핸드폰이 확인하라고 성화다. 뭐가 왔길래. 창을 열어 확인해보니 "마법의 연금 굴리기", "다시 쓰는 주식 투자 교과서", "돈 쓰는 선택, 버리는 선택"……. 12권이나 되는 재테크 관련 사진이 왔다. 그러고 보니 아까 대화할 때 책을 보내주신다고 한 거 같은데 그 책인가 보다. 12권을 다 찍어 보내주신 정성. 감사합니다. 그러나 기분은 영 찜찜하기만 하다.

　나는 오늘 낮에 소개팅을 하고 온 참이다. 이번 상대는 미아리에서 10년째 동물병원을 하고 있다는 2살 많은 수의사였다. 40대의 나이에 나이 차가 적은 좋은 조건의 사람을 소개받는 일은 마른하늘에 기우제를 지냈는데 운 좋게 폭우가 쏟아진 격이다. 마침 6월이라 데이트하기도 딱 좋은 날씨다. 이맘때 속초바다는 얼마나 예쁠지. 떡 줄 사람은 생각도 않는데 김칫국부터 마신다는 속담은 나를 두고 한 말이다. 마시다 뿐인가. 헤엄도 칠 수 있다. 나는 미뤄 놨던 뿌리 염색을 하고 평소에 강조하지 않던 눈화장도 신경 썼다. 마스카라로 진하게 길어지는 속눈썹을 따라 인연에 대한 기대도 창창하게 높아져 갔다.

　그의 첫인상은 도형으로 비유하자면 직사각형이었다. 단정하게 무스로 정리한 머리에 직사각형의 얼굴, 길다란 직사각형의 검은 안경, 그 속의 가느다랗게 긴 살짝 아래로 쳐진 눈매, 콧구멍이 보이지 않는 산이 높은 코, 길게 다문 입술, 어깨가 넓진 않지만 배도 나오지 않은 날씬한 체형. 하얀 피부 탓일까. 학당에서 점잖게 글 읽을 선비가 떠올랐다. 어색함을 숨기며 인사를 하고 최대한 자연스럽게 웃으며 이야기를 시작했다. 그런데 이 사람, 글만 읽는 선비가 아니었다. 칼을 든 훈장님이다. 공통점을 찾아볼까 싶어 내가 꺼내든 일상적 화제들은 댕강 말머리부터 가차없이 잘려 나갔다. 영화도 음악도 관심이 없고 오직 일만 하셔서 굉장히 피곤하다는 얘기가 시작되었다. 평일에는 8시, 토요일에는 7시에 끝나서 정신적으로 지쳐서 집에 오면 쉬고만 싶다고 하신다. 나도 예전에 학원을 운영해 본 경험이 있어서 책임지는 위치에 있는 사람의 심정을 알 것도 같았다. 열심히 맞장구를 치다 '진료 시간을 좀 줄여 보시거나 다른 수의사 선생님을 한 분 더 쓰시는 것은 어떨까요.' 조심스레 의견을 내 보았지만 그럴 여건은 안된다고 하신다. 어쩔 수 없다. 답이 안 나오는 문제는 반복해서 문제를 외워버리는 수밖에. 나는 엄한 훈장님에게 강의를 듣는 학생이 된 심정으로 뫼비우스의 띠처럼 반복되는 이야기를 들었다. 연민인지 아쉬움인지 모를 감정이 나를 에워쌌다.

　다행히 화제가 바뀌었다. 최근에 재테크 책을 10권 넘게 읽으셨다고 한다. 아침에 일어나 책을 읽고 자기 전에도 책을 읽으신다고. 반가운 얘기였다. 나도 소설이나 인문학 책은 좋아하는데. 서로 재밌게 읽은 책 얘기를 나눠보면 되겠구나. '저는 최근에 검사내전이라는 책을 읽……' 댕강. 역시나 내 말은 숨한 번 뱉기 무섭게 예리하게 잘려 나간다. 이번에는 재테크의 중요성에 관한 강의가 시작되었다. 맞아. 저렇게 콧구멍이 보이지 않는 코는 재물복이 있는 거랬다. 저 분은 재물복을 얼굴에 타고났으니 재테크에 대한 강렬한 관심은 운명일거야. '저도 연금이……', '아 저도 ELF는……' 끼어들기를 해보려 깜빡이를 켜보지만 꽉 막힌 차선에는 빈틈이 없다. 조심스레 꺼낸 말머리들은 허깨비가 되어 덧없이 공중을 맴돈다.

"화장실 좀 다녀올게요."

얼추 2시간 반이 넘었으니 다녀와서 자리를 뜰 요량으로 일어났다. 화장실 거울에 평소와는 다른 내 얼굴이 비친다. 촘촘하게 모공을 가린 밝은 톤의 피부, 검정색 아이라이너로 또렷하게 강조한 눈매, 핑크빛 립스틱을 바른 입술, 컬이 살아 있는 잘 세팅된 머리. 한껏 꾸몄는데 어쩐지 광고 인형처럼 생기 없어 보이는 게 아쉽다. 얼른 양쪽 입꼬리를 올려본다.

자리로 돌아오니 그 사이 훈장님이 본인 커피를 리필 해 놓으셨다. 아. 예상하지 못했던 일이라 적잖이 당황했다. 아메리카노라도 한 잔 추가 주문을 해야 하나. 카페인은 나도 필요한데. 메뉴판에 보인 예쁜 진홍색에 홀딱 빠져 냉큼 딸기주스를 주문해버린 것이 실수였다. 손톱 밑을 눌러가며 눈에 힘을 줘

보지만 야속한 눈꺼풀은 자석 버클이 달렸는지 떠도 떠도 저절로 아래로 와 닫힌다. 평소의 1.5배의 의지로 힘을 준 눈화장을 믿어볼 수밖에. 이렇게 열심히 말씀하시는 데 졸리는 티를 내는 건 정말 실례다. 아마 이분은 의사선생님으로는 평판이 좋을 것이다. 동물 환자를 데려온 보호자들에게 증상과 치료법에 대해서 정말 꼼꼼하게 잘 설명해 주실 테지. 나는 그 후로 꼼짝없이 한 시간을 더 복리의 중요성에 대한 강연을 들었다. 판소리의 고수처럼 적당한 타이밍에 추임새를 넣으면서. 카페에는 맥없이 끊긴 내 말머리들이 갈 곳을 몰라 허공을 기웃대며 떠다녔다.

이 카톡은, 오늘 강의의 충실한 마무리일까. 호감의 표시일까. 의도를 알 수 없어서 적당한 답도 생각나지 않는다. 족발은 괜히 사와서는. 저걸 데워 먹을 생각을 하니 까마득하다. 훈장님의 집중된 피로가 내게 옮겨 오기라도 한 걸까. 아무 것도 할 엄두가 나지 않아 꼼짝 않고 앉아 있는 와중에 머릿속 톱니바퀴는 부산하게 돌아간다.

좀 서투른 사람일 수도 있잖아. 여자와 대화하는 법을 잘 모르는 사람도 있다. 내가 너무 호응을 잘 해줘서 재밌어하는 줄 알았을지도 몰라. 설마. 내가 그 정도로 연기에 소질이 있었단 말인가. 사람을 한 번 보고 판단하는 것은 경솔한 일이다. 그러나 다음이라고 주고받는 대화가 되리라는 보장도 없다. 사람은 3번은 봐야 안다는데……. 답을 찾지 못한 손가락이 핸드폰 자판 위를 이리 저리 맴돈다. 한바탕 쏟아지는 연설에 마음이 와삭 꺾인 와중에도 '혹시나' 싶은 마음이 드는 것은 내가 유달리 신중한 사람이어서가 아니라 아쉬운 사람이라서 그럴 것이다. 손에 쥘 수 있는 보기가 점점 줄어가는 상황에서 세상의 말에 흔들리지 않는 '불혹'이란 멀기만 하다.

갈 곳 모르던 손가락이 그의 카톡 프로필 사진을 넘겼다. 몇 장 안되는 사진 속에 카카오 스토리가 눈에 띈다.

"내가 느끼는 피곤을 한 문장으로 표현하자면,

'숨이 꼴딱 넘어가는 듯한 피곤'

현상금 겁니다. 이 피곤 잡아주는 분께 거하게 드립니다."

댕강 댕강. 명쾌한 세 문장에 질척대며 끈덕지게 달라붙던 생각들이 잘려 나갔다. 이렇게 꼭 들어맞는 비유를 쓸 수 있는 사람이었구나. 이 남자가 가진 피곤은 참 독하다. 현상금을 걸 정도로 사람의 숨통을 죄이다니. 나는 만날 때마다 끼어들 거대한 피곤을 감당할 자신이 없다. 당사자도 포기한 거라면 피하는 게 상책이겠지. 거한 현상금에 혹해서 섣불리 덤볐다가

도리어 내가 잡아 먹힐 지도 몰라. 애초에 나는 노련한 사냥꾼과는 거리가 멀다.

단정한 반원으로 모여 있는 앞머리를 움켜잡고 시원하게 이마가 보이도록 핀으로 올려 꽂았다. 어깨 언저리에 늘어뜨린 머리카락은 하나로 돌돌 말아 반으로 접어 질끈 묶었다. 한결 깔끔하다. 어서 답답한 마론 인형 같은 화장을 지우고 갈색으로 빛나는 족발이나 뜯어야겠다. 목 넘김이 좋다는 맥주와 함께.

일상애쓰다

04

# 안은비

너와 나의 모든 순간

낙원

어딘가에, 우리가 함께 웃던 날이

저 어딘가에, 우리가 아파했던 날이

아직 여기 남아있는 흔적이

우리 사랑했던 날들에 끝나지 않았다는 걸 말해


– 이승기 '숲' 가사 일부


아파했고, 위로받았고, 기뻐했고..

제가 느낀 감정들의 흔적이 담겨있습니다.

사랑했던, 사랑할 첫 작품입니다.

작품을 완성하기까지 수많은 어려운 과정을 거쳤지만

그 과정을 이끌어주신 선생님과 모든 분께 감사드립니다.

제 진심이 꼭 전해지길 바라며, 읽어주시는 분들 모두 행복하세요.

# 너와 나, 모든 순간

"이혼을 결심하고 도장을 찍기 전, 서로 죽고 못 살던 때로 시간 여행을 떠나게 되면 어떨까?"

드라마 〈고백부부〉 제작발표회에서 제작진이 설명한 기획 의도이다. 〈나인〉 등 많은 매체에 나오는 타임슬립 소재. 이 드라마도 시간 여행이기 때문에 처음에는 식상하다고 느꼈다. 그런 생각을 가진 채 유튜브를 통해 우연히 드라마 기자간담회를 보게 되었다. 제작진의 마지막 말이 인상 깊었다. 이 드라마에 대한 생각이 바뀌었고 '봐야겠다' 라는 결심이 들었다. "워낙 타임슬립물이 많이 나와 걱정이 많았지만 이 드라마를 보시는 분들이 과거를 돌이켜보고 지금의 가족들과 더 소중한 시간이 되셨으면 좋겠다고 생각하여 제작하게 되었다." 자신 있게 말하는 제작진의 모습에 밑져야 본전이라는 생각으로 〈고백부부〉를 보기 시작했다. 처음에는 큰 감흥없이 시청했다. 그러나 회차가 지날수록 드라마에 집중하는 나의 모습을 느낄 수 있었다.

〈고백부부〉는 마진주(장나라), 최반도(손호준)가 2017년 이혼서류에 도장을 찍은 다음날 아침, 18년 전으로 시간 여행을 하게 된 이야기를 그린다. 현재의 생각을 가진 채 과거로 돌아간 두 사람은 젊음을 즐기다가도 미래를 생각하며 자신을 되돌아본다. 마진주는 잠에서 깨 눈을 떠 과거로 오게 된다. 과거로 왔다는 것을 모른 채 엄마를 발견한다. 돌아가신 엄마가 꿈에 나온 줄 착각하게 된다. 엄마를 보자마자 안고 펑펑 목놓아 운다. 그 모습을 보고 그냥 눈물이 났다. 이유도 없었다. 보자마자 마진주라는 캐릭터에 이입되었다. 꼭 내가 엄마를 안고 우는 듯 했다. 돌아가신 엄마와 추억을 함께하기 위해 마진주는 버킷리스트를 작성한다. 목욕탕가기 등 사소한 것이 있었다. 그 씬(scene)을 보고 나도 생각해봤다. 만약 나도 시간 여행을 한다면 돌아가신 엄마랑 무엇을 하고 싶을까? 이 글을 쓰면서 엄마와의 추억을 생각해보았다. 타자를 누르려는 손이 약간 멈칫했다. 엄마와 함께 했던 사소한 추억이 떠오르지 않았기 때문이다. 설마 하나도 기억이 안 나겠어? 하고 노트북을 잠시 꼈다. 집 근처 엄마와 걸었던 솔밭길, 중랑천 길을 돌아다녀 보기도 했다. 그러나 기억에 남는 건 없었다. 시간이 꽤 지나서였던걸까? 정말 없었던 걸까? 함께 했던 추억 자체가 없다는 아쉬움과 그냥 이대로 엄마를 떠나보냈다라는 마음에 에세이를 쓰던 노트북 앞에서 크게 울었다.

과거에서 추억을 쌓고 있는 마진주는 엄마의 사랑이 담긴 토마토주스를 마시게 된다. 하지만 언니 마은주(차민지)는 안 먹는다며 어머니가 주는 주스를 외면하고 나간다. 그런 은주의 모습에 진주는 "엄마한테 잘하면 안 돼? 쭉 옆에 있을 거라는 보장 있을 거 같아? 없어. 너랑 내 인생에 손수 껍질까지 까서 주스 갈아줄 사람, 아침 챙겨줄 사람, 엄마 없으면 세상 어디에도 없어. 네 남편이 해줄 거 같아? 자식이? 세상에 너랑 나한테 일어나지 않을 일은 없어. 그때 가서 후회하지 말고" 라며 충고한다.

나도 어렸을 때부터 수십 번 들어본 말인 거 같다. 어떤 날은 엄마가 중고시장에서 옷을 사온 적이 있었다. 내 옷을 사왔다고 자랑스럽게 꺼내셨지만 누가 봐도 엄마 취향이었다. 말없이 사온 엄마도, 옷도 다 마음에 들지 않았다. 구시렁거리는 내 모습을 본 엄마의 말. "기껏 너 예쁜 옷 발견해서 사왔는데 왜 이렇게 툴툴거려. 엄마 있을 때 좀 잘해. 이러다 평생 후회한다." 한 귀로 듣고 한 귀로 흘렸었다. 엄마가 슈퍼맨처럼 내곁에 늘 있을 줄 알았다. 그림책의 엔딩처럼 행복하게 오래오래 살줄 알았다. 현실을 몰랐던 것이다.

17살, 햇빛이 내리쬐는 여름이었다. 학교에 다녀왔는데 엄마가 펑펑 울고 있길래 "왜 울어?"라고 물었다. "엄마 희귀 피부암이래. 6개월 뒤에 죽는대." 듣자마자 머릿속이 텅 비었다. '뭐야 나한테 일일드라마 주인공 하라고 하나'라는 생각이 들 정도로 비현실적이었다. 잠깐 눈물이 났지만 솔직히 크게 와닿지는 않았다. 당장 엄마가 죽는 건 아니었으니까. '설마 엄마가 그렇게 죽겠어?' 애써 부정하고 있었는지도 모르겠다. 6개월이 지났다. 엄마는 세상을 떠나지 않았다. 속으로 '봐봐. 엄마가 계속 치료받으니까 낫고 있잖아.' 그렇게 생각했다. 정신승리였다. 6개월은 넘겼다. 하지만 버틸수록 고통은 더해갔다. 엄마는 3년이 지나 한계에 왔다고 했다. 입원해 있는 엄마옆에 섰는데 바이탈모니터(환자감시장치) 소리가 들리지 않았다. 누구든 나를 건드려도 소용없었다. 나에게 달린 가상의바이탈모니터가 멈춘듯했다. 옆에 있는 친척들이 "은비야. 여기 정리하고 있다가 보자." 하고 날 데려 갔다. 그 순간 세상에서 제일 비참했다. 수많은 이야기들이 필름처럼 지나가는 듯했다. 그중에서도 너무나 선명했던 장면. "엄마 가고 후회하지 말고 있을 때 잘해 왜 이렇게 툴툴거리냐" 그렇게 넘어가서는 안됐던 말이었는데. 한 귀로 듣고 한 귀로 흘린 벌을 받고 고통의 시간 속에 갇혀있었다.

마진주의 어머니는 청소하다가 버킷리스트, 다이어리를 발견하고 진주가 미래에서 왔다는 것을 알게 된다. 그 다이어리에는 이렇게 적혀 있었다.

'버킷 리스트 1. 엄마와 목욕탕 가기 … 6. 엄마와 이별하기'

"뭐가 뭔지 잘 모르겠어. 이게 무슨 일인가 싶고. 근데 그거는 알아. 부모 없이는 살아져도 자식 없이는 못살아. 울 거 없어. 어떤 슬픔도 무뎌져. 단단해져 그렇게 돼 있어"

"안 무뎌져, 안 단단해져. 계속 슬퍼 계속 보고 싶어. 그게 어떻게 돼?"

그리고 진주는 엄마 품에 안겨서 펑펑 운다. 나도 그랬다. 혼자만의 세상 속에 갇혀 있다가 나온 날, 애써 더 밝게 지내려고 노력했다. 때론 그런 상황을 농담처럼 말하기도 했다. 나 스스로도 엄마가 돌아가신 것에 대해 무뎌졌고 괜찮다고 생각했다. 어차피 알고 있던 일이었고 어쩔 수 없이 대면해야 하는 일이었으니까. 근데 어느 순간 보니까 하나도 괜찮지 않았다. 오히려 감옥 속에 갇힌 듯 괴로웠다. 기분이 없는 기분으로 살았다.

아이를 낳은 엄마도 아니었고, 결혼을 한 아내도 아니었지만 내 인생을 그대로 옮겼던 거 같은 〈고백 부부〉. 부부의 사랑, 청춘들의 로맨스, 가족 간의 애정 등 많은 이야기 속에 위로가 되었던 드라마. 아이 엄마, 신혼부부뿐만이 아니라 모든 이들이 함께 할 수 있는 작품. 비록 드라마처럼 직접 시간 여행을 할 수는 없었지만 나는 드라마와 함께 여행에 다녀왔다. 누군가 〈고백 부부〉를 보길 망설인다면 이렇게 말해주고 싶다. 익숙함에 속아 소중함을 잃었던 사람들을 다시금 느낄 수 있었던 시간이었다고.

# 낙원

"꿈이 없으신 분들도 괜찮습니다. 뭐 꿈 없을 수도 있어요. 행복하시면 됩니다. 새해를 행복하게 시작하고 한 해 마무리 짓는 2018년이 되었으면 좋겠습니다"

그룹 방탄소년단의 슈가가 신년 인사 때 남긴 말이다. 처음에 들었을 때 이해가 안갔다. 이해가 안가기보다는 머리가 복잡해졌다. 어른들에게 꿈을 이룰 수 있도록 열심히 하라는 등의 이야기만 들었는데 '꿈이 없어도 괜찮다니.' 이해는 잘 안됐지만 마음에는 담아두었던 말이었, 그 말을 듣고 졸업시험, 자격증 준비를 하면서 미래에 대한 고민이 많아지는 반년을 보냈다.

그 후 한 곡의 소개를 음원사이트에서 보게 되었다. '꿈을 가지라는 말로 압박을 주는 현실, 인생은 마라톤이라면서 하루

하루는 단거리 주자처럼 뛰라는 말에 지친 사람들을 위해 방탄소년단이 만든 곡이다.' 노래에 대한 궁금증이 생겼다. 음원이 발매되는 저녁 6시, 헤드셋을 끼고 듣기 시작했다. 몽환적인 멜로디, 묵직한 보컬, 그 후 강렬한 랩핑. 멤버 뷔와 RM의 파트였다. 단호하고 빠르게 지나갔다. 그렇지만 내 귀에 대고 조곤조곤 이야기해주는 듯했다.

'멈춰서도 괜찮아 아무 이유도 모르는 채 달릴 필요 없어 꿈이 없어도 괜찮아 잠시 행복을 느낄 네 순간들이 있다면'

'우린 꿈을 남한테서 꿔, 위대해져야 한다 배워 너의 Dream 사실은 짐 미래만이 꿈이라면 내가 어젯밤 침대서 꾼 건 뭐? 꿈의 이름이 달라도 괜찮아 다음 달에 노트북 사는 거 아니면 그냥 먹고 자는 거 암것도 안 하는데 돈이 많은 거 꿈이 뭐 거창한 거라고 그냥 아무나 되라고 We deserve a life(해석 : 우리는 삶을 누릴 자격이 있다) 뭐가 크건 작건 그냥 너는 너잖어'

노래로 들으니 신년인사와는 완전히 다른 느낌이었다. 단호한 가삿말에 생각해보았다. 나는 꿈을 꿔야만 하고, 이뤄야 하고, 없으면 한심한 사람으로 평가받았다. 꿈을 이뤄야 한다는 자체가 너무 큰 의미로만 쓰이고 있었다. 일상에서 내가 침대에서 꿈꾼 '꿈', 소소한 '꿈', 어떤 것을 원하는 '꿈', 다 꿈이었다. 내가 꿀 수 있는 '꿈' 그 자체였다. 단순해졌다. 꿈이 딱히 없다, 왜 난 꿈이 없지? 라는 강박감이 알게 모르게 있었다. RM의 랩핑 이후 그 감정이 어느 정도 사라졌다. 사실 주변 사람들에게 "꿈은 사회복지사가 되는 것이야" 라고 이야기를 한 적이 있다. 이유는 엄마가 사회복지사셨고, 돌아가신 엄마와의 약속이 있었기 때문이다. 그러나 이게 진짜 꿈이 맞는 건지 의문을 가진채 전공을 배우고, 실습생활을 했다. 졸업이 다가올수록 '진짜 이게 맞는 건가?' 라는 생각이 가득했다. 어려웠다. 어떻게 보면 남에 의해 내 꿈을 정해 버리고, 세뇌시켜버린 나날들이 아니었나 싶었다. 졸업 후, 친구들은 하나둘씩 취업전선에 뛰어들고 일을 하고 있다. 처음에는 나도 '계약직이든, 뭐든, 해야 되나?' 생각했다. 이 노래를 듣고 조금 용기를 내보았다. 목적지 없이, 아무 이유 없이 꾼 꿈은 과감하게 정리하는 것도 나쁘지 않겠다라는 생각이 들었다. 졸업하고 '꿈'을 찾기 위해 다양한 '경험'을 해보고 있다. 아직 '나'도 나를 모르는데 누가 이래라 저래라 할 수 있을까? 더 솔직하게 내가 '나'에게 달려가야 한다는 생각이 먼저 들었다. 꿈에 집착하던 전과는 다르게 초조해하지 않게 되었다.

방탄소년단의 이전 노래들을 들어보면 RM은 특히 쉴 새 없이 달린다. 그러나 이 노래에서는 좀 다르다. 빠르지만 어느 정도 쉴 공간을 둔 듯한 느낌을 준다. 마음이 편안해지는 진정한 낙원을 느꼈다. 그리고 힘이 실린 멤버 뷔의 목소리. '꿈이 없어도 괜찮아, 잠시 행복을 느낄 네 순간들이 있다면'. 슬프면서도 위로받는 곡. 이 노래를 알게 되어 참 다행이다.

05

# 김진선

대체 나한테
왜 이러는 거야

퇴근 길

사진첩에 꽂을 사진을 고르는 마음으로

내 이야기를 남겨보고 싶습니다.

작은 이야기라도 허투루 넘기지 않고

사진첩에 넣을지 말지를 헤아려보는 일상을 원합니다.

언제라도 사진첩을 열었을 때 한 장 한 장 저마다의 추억과 표정을

다시금 생생하게 느낄 수 있기를 희망합니다.

# 대체 나한테 왜 이러는 거야

주차를 마치고 차에서 빠져나오는데 어딘가 서늘하다. 벌써 몇 주 째 아니 어쩌면 몇 달 전부터 일지도 모르겠다. 운전 중에 어떤 느낌이라고 해야 하나 감각이라고 해야 하나. 그런 무엇이 순간적으로 훅 일어났다가 금방 사라진다. 잠깐 사이에 일어난 일이라 그랬을까. 누가 다녀갔는지 알아채지 못하고 무심히 지나치곤 했다.

운전을 할 때마다 무엇인가 확 지나간다. 그것은 매번 똑같은 모양이었고, 기분이 썩 좋지는 않다. 그런 상황이 반복되는 것을 흐릿하게나마 알게 된 후, 이게 뭘까 싶었다. 잠복 수사를 하는 기분으로 운전대를 잡는다. 누군지 몰라도 언제 어떻게 나타나는지 밝혀내고야 말겠다. 얼마 후 실체를 알아냈는데 차 안에서 듣는 특정 음악이 범인이다.

"얼마나 아프더냐. 얼마나 서럽더냐." 하는 노래 구절이 흘러나오면 내 의지와 상관없이 몸에서 자동으로 일이 벌어진다. 내 어깨 끝에서부터 팔꿈치까지 예리한 칼날에 길쭉하고 깊숙하게 베인 듯하다. 찌릿. 시큰한 쇠맛과 비릿한 피맛이 뒤섞인다. 동시에 심장도 베인다. 베인 곳은 팔과 심장인데 머릿속 뇌에서도 시큰한 감각이 밀려온다. 핸들을 잡은 양어깨가 제멋대로 부르르 떨린다. 어깨의 떨림은 굵고 짧다. 어깨가 흔들릴 때의 강한 진동으로 쇄골과 가슴도 덩달아 파르르 울린다. 불과 몇 초간에 벌어진 생난리. 그런데 그 모든 감각과 몸의 반응이 연기처럼 사라져버린다. 방금 무슨 일이 있었냐는 듯 모든 주변 상황과 내 감정마저도 태연해지고 만다.

　모든 정황을 알아낸 후에도, 기묘한 현상은 노래 구절이 등장할 때마다 어김없이 반복된다. "넝쿨이 너의 몸을 칭칭 감았구나."하는 발사 직전의 구절이 흘러나온다. '이번엔 어깨를 떨지 않겠어.'라고 마음을 다잡고 핸들을 더 꽉 쥐어보지만 아무 소용이 없다. 반항도 접었다. 아, 또 오셨군요. 반년을 넘도록 운전할 때마다 같은 상황을 겪다 보니 익숙해져 버렸다. 한 번쯤은 이 구절을 아무 일 없이 지나치지 않을까 싶었지만 예외는 없었다. 다른 생각에 빠져있느라 노래를 듣지 않을 때도 그

구절이 등장하면 어깨가 저절로 울린다. 어깨의 반응을 느끼며 '훗 지금 그 노래 나오는 중이구먼' 한 적도 있다.

가수 한돌의 음악을 많이 좋아하지만, 이 곡은 특별한 감흥 없이 지나가듯 흘려듣는 노래다. 심지어 제목도 모른다. 범인으로 지목되기 전까지는 한번 돌아보지도 않았던 곡이다. 분하다. 그런 하찮은 놈으로부터 손 쓸 틈도 없이 일격을 당해버리다니. 한돌 아저씨는 이 노래에 무슨 짓을 해놓은 걸까. 음악을 듣는 이로 하여금 이런 묘한 경험을 하게끔, 이 위대한 예술가는 어떤 신박한 마법을 부린 걸까. 어깨를 부르르 떨 때마다 음악가에게 물었다. 대체 나한테 왜 이러시는 거예요.

이 곡이 수록된 음반 "가면 갈수록"을 들으며 출퇴근을 한 지 어느덧 일 년이다. 그사이 은근히 즐기게 된 부르르한 어깨 떨림도 잠시 안녕. CD를 교체하면서 앨범 속지를 펼쳐 본다. 가사를 줄줄 외우며 따라 부를 수는 있어도, 뭐 하자는 노랜지 내용 파악을 하지 못했다. 니가 나한테 그동안 무슨 짓을 해왔는지 알기나 하니? 이제 너의 정체를 드러내 봐. 드디어 제목과 가사를 확인한다. 노래의 제목은 "슬픈 한글날"이다. 제목과 함께 활지로 된 가사를 읽어 내려가며 마음이 내려앉는다.

옛날 내 모습이 떠올랐다. 한글을 다 떼지 못한 채로 국민학교에 입학했다. 받아쓰기는 이삼십 점 정도였고 알림장도 제대로 적지 못한 날이 많았다. 알림장, 칠판에 오늘의 날짜와 요일을 적고 그 아래 일 번, 이 번, 삼 번 겨우 세 개 항목이지만, 내가 그것을 다 옮겨 적기 전에 선생님은 칠판을 지워버렸다. 알림장 공책을 들고 줄을 서서 내 순서를 기다린다. 나는 잔뜩 주눅이 들어있다.

말로도 호되게 혼나고 손바닥도 여러 번 맞고 수시로 지적도 당했다. 알림장도 못 받아 적는다고, 글씨체가 못생겼다고, 결정적으로 왼손으로 글씨를 쓴다고 혼났다. 왼손잡이라서 알림장도 엉망이고, 받아쓰기도 형편없다고 말하는 선생님. 이학기 어느 날부터 선생님은 내 왼손을 묶기 시작했다. 왼손을 주먹을 쥐게 하고 노란색 굵은 고무줄로 그 주먹을 감싸듯이 묶었다. 등교하면 묶였다가, 알림장 검사를 받으면서 풀려났다.

한 손을 묶인 채로 있으면 처음엔 그냥 창피한 정도지만, 나중엔 손이 너무 쓰리고 아프다. 온 신경이 손에만 쏠려 있어서 수업 시간에 뭐 하는지 관심도 없다. 나도 없어져 버리고, 내 몸은 욱신욱신하는 손으로만 존재하는 것 같다. 시간이 멈춘 것 같다는 감각을 이때 배웠다. 손은 점점 더 견딜 수 없이 아려오고 빨리 알림장 검사를 받아야 하는데, 급훈 액자 아래의 동그란 벽시계는 건전지가 다 된 것일까. 시곗바늘을 쳐다볼 때마다 같은 자리에 그대로 있다. 오른손으로 왼손을 만지작거리며 쩔쩔매다가 알림장 검사를 받는다. 그 사람은 내 주먹을 옥죄고 있는 고무줄을 가위로 끊어낸다. 드디어 손이 풀려난다. 고무줄이 떨어지고 나니 한숨이 놓이며 참았던 눈물이 그렁그렁 맺힌다. 아, 드디어 끝났다. 휴우 이제 됐다. 살 것 같다. 빨갛게 부어오른 손에 고무줄 자국이 진하게 베어 있다.

쾡한 눈망울에 눈물이 그렁그렁.
넝쿨이 너의 몸을 칭칭 감았구나.
얼마나 아프더냐, 얼마나 서럽더냐….
빛나던 너의 모습 시나브로 사라지누나.
다시 일어나 꽃피우자. 뿌리 깊은 나무야.
(한돌, 슬픈 한글날 전문)

진짜 범인이 드러났다. 너…였구나. 예술가의 마법 같은 건 없었디. 어쨌든 마음의 궁금증이 모두 풀렸다. 후련하다. 자축의 의미를 담아 슬픈 한글날을 제대로 한번 들어봐야지. 노래가 시작되고 나만의 특별한 구절 "얼마나 아프더냐…" 가 흘러나온다. 그런데, 그 녀석이 찾아오지 않는다.

우리는 언젠가부터 둘만의 비밀을 공유한 친구가 되어있었다. '너 나한테 왜 이러는 거야. 이 나쁜 놈아!' 했어도 난 처음부터 그 친구를 좋아했던 것 같다. 욱신거리고 쓰라리고 창피하고 서러워했던 과거의 나. 오물을 뒤집어쓴 것 같은 마음, 남몰래 숨겨두었던 그 마음을 친구는 바깥으로 끄집어내 보듬어주었다. 나의 떨리는 어깨를 감싸 안고 함께 견뎌주던 그 녀석이 기별도 없이 사라졌다. 제 할 일을 마치고 영영 가버린 것일까. 고맙다는 인사를 꼭 전하고 싶은데. 전해야 하는데.

# 퇴근길

드디어 점심시간이다. 구내식당에서 거의 마셔버리듯 식사를 해치우고, 닭장 같은 회사건물에서 조바심을 내며 빠져나온다. 일 분 일 초도 아깝다. 사실 허기만 안 느낀다면 식사도 생략하고 한 시간 내내 걷고 싶을 정도다. 후우…. 회사 앞 사거리의 건널목을 건너기 시작하며 한숨 같은 큰 심호흡을 나도 모르게 뱉어낸다. 안으로 들어오는 한 주먹만큼의 공기와 가슴속의 공간이 느껴진다. 살얼음판 같은 사무실에서 내내 숨죽이고 있었구나. 그것 참 희한하다. 왜 사무실 문을 열고 들어가기만 해도 숨이 콱 막혀 버리는 걸까.

뼛속 깊이 내향인인 나는 요즘처럼 스트레스가 극심해지면 혼자만의 시간에 대한 갈망이 더욱더 커진다. 오늘은 시청 후문 방향의 아파트 단지 보행로를 돌아다녀야지. 등나무 벤치에서 망연한 표정으로 담배를 태우시는 할아버지, 스르륵 움직이는 배달차에 올라탄 칼주름 유니폼의 야쿠르트 아줌마 뒷모습, 강아지를 바라보며 꿀 떨어지는 눈빛을 발사하는 발랄한 인상의 젊은 여성, 어딘가를 향해 분주히 달려가는 자전거 등등의 장면이 눈앞에서 나타났다가 사라진다. 어슬렁거리며, 그저 눈앞에서 벌어지는 장면들을 물끄러미 바라보다가 흘려보내기를 반복한다.

무지개 육교 위, 정오의 땡볕을 그대로 얻어맞으며 한참을 멈춰 있었다. 초등학교 운동장이 한눈에 내려다보인다. 쏟아져 나온 꼬맹이들에게서 뿜어나오는 탱탱함, 생동감이 이만큼이나 떨어져 있는 내 몸에까지 고스란히 전해진다. 교문 밖 아이들을 마중 나온 어머니, 할머니의 무리도 정겹다. 아이들은 제 엄마를 발견하면 예외 없이 양팔을 벌리고 우다다다 엄마품으로 뛰어간다. 교문을 바라보는 위치에 솜사탕 아저씨, 국화빵 아저씨도 보인다. 사 먹지도 않으면서 매대를 에워싸고 자리를 떠나지 않는 아이들. 그 앞에서 감정노동(?)을 하는 솜사탕 아저씨는 어떤 심정일까. 아이들이 귀여울까 얄미울까.

초등학교 풍경을 한참을 즐기는데 이게 뭐라고 꽃놀이를 즐기듯 마음이 푸근해지며 함박웃음이 저절로 피어오른다. 아차

차 넣 놓고 있다가 시간이 벌써 이렇게 되었네. 평소보다 빠른 속도를 내어 다시 닭장을 향해 걷는다. 오 분 후면 지금의 달콤한 기분이 흔적도 없이 사라지겠지. 또 숨을 죽이는 각박한 마음이 되어 그저 버티는 심정으로 남은 하루를 보내겠지.

퇴근을 한다. 오후, 직원들 사이에 날 선 언쟁이 오갔다. 하루가 멀다 하고 일어나는 상황이니 웬만하면 적응할 만도 한데…. 일단 그 곤혹스러운 분위기로부터 얼른 빠져나왔다. 하지만 몸은 빠져나왔어도 모멸감이 들러붙어 있다. 풀죽은 내 마음과 표정을 가족에게 보여주고 싶지 않다.

지친 몸에도 불구하고 마음을 정리하기 위해 산책을 시작한다. 점심에 걸었던 그 코스를 걷는다. 어떤 풍경도 장면도 눈에 들어오지 않는다. 사무실에서 벌어진 사건을 곱씹으며 어린애처럼 투정을 부리는 마음만 가득하다. 투정을 실컷 쏟아내는 것을 그냥 내버려 둔다. 실은 제멋대로 날뛰는 감정을 어떻게 해야 할지 몰라서 속수무책의 심정이다.

보행로가 끝나고 버스정류장이 눈앞에 보인다. 여전히 속이 시끄럽다. 안되겠어. 한 정거장 더 걸어야지. 딱 한 정거장만 디, 더, 너 하다가 그만 한 시간을 넘게 걷고 말았다. 어느덧 주위가 어둑해지고 퇴근 차량 행렬의 불빛이 반짝거린다. 다리도 뻣뻣해 온다. 여기서 더 전진하면 집에서 멀어지는 방향이고, 집으로 가는 방향엔 긴 터널이 있기 때문에 걷기에 적절하지 않다.

쉽사리 발걸음을 옮기지 못하고 머뭇거리다 근처 식당에 들어간다. "볶음 우동 하나 주세요." 입맛도 쓰고 어차피 뻔한 맛. 대충 허기나 때워야지. 분식집 국물, 단무지, 잘잘하게 썰린 김치와 함께 우동 한 접시가 나왔다. 먹기 시작하는데 내가 나한테 놀랄 정도로 그 기세가 맹렬하다. 전투적으로 먹고 우동 접시를 깨끗하게 비워냈다. 배가 부르니 걷고 싶은 마음이 달아난다. 의식하지 못한 사이에 기분도 어느 정도 정리된 듯하다. 이제 됐구나, 다행이다. 이만하면 가족을 향해 환한 표정을 지으며, "오늘 하루 뭐 했어, 어땠어."라고 대화를 건넬 수 있을 것 같다.

현관에 들어선다. "요즘은 맨날 야근이네, 에고 힘들어서 어쩌니." 엄마의 걱정 어린 눈빛이 느껴진다. "괜찮아 엄마, 원래 일이 다 그렇고 그런 거지 뭐…" 태연하게 대답하며 얼른 내 방으로 들어온다. 등 뒤로 들려오는 엄마 목소리. "에이그 너는 오늘도 괜찮냐. 힘든 날도 좋은 날도 있을 텐데, 십 년을 넘게 다녀도 너는 어떻게 하루도 안 괜찮은 날이 없니 그래."

엄마의 한마디에 눈가가 뜨거워진다. 위험하다. 조절이 안 될 것 같다. "엄마 조금 피곤하네. 잠깐 쉬었다가 씻을게요." 방 불을 켜지도 않고 곧바로 침대 위에 누워 눈을 감아버린다. "그래 쉬어라." 엄마는 따라 들어와 몇 마디 더 나누려다 말고 그냥 물러나신다. 괜찮으려고 내가 온종일 얼마나 애를 썼는데. 괜찮으려고 삼십 분짜리 퇴근길을 세 시간으로 늘렸는데. 아니야, 괜찮아. 괜찮은 것 맞아. 이 정도는… 아직 괜찮은 거야. 오늘의 산책이 헛되지 않았다고 오기를 부려본다.

나를 드러내기란 저에게 쉽지 않은 일입니다.

누군가는 저를 '게'에 비유하더군요.

딱딱한 껍질에 속살을 감추고 자신을 방어하는 '게' 말입니다.

이솝우화에 실린 〈북풍과 태양〉 이야기가 떠오릅니다.

북풍과 태양이 나그네의 옷을 벗기는 내기를 했는데

억지로 옷을 벗기려 한 북풍은 실패했지만

태양은 따뜻한 열기로 나그네가 스스로 옷을 벗게 했지요.

글벗들과 박경애 작가님은 저에게 태양 같았습니다.

그들의 뜨거운 열정이 저를 자극하였고

따뜻한 시선이 경계심을 풀게 하였으며

스스로 껍질을 벗을 때까지 지켜봐 주는 인내가 저를 포기하지 않게 하였어요.

덕분에 저는 딱딱한 껍질을 벗어내고 한 뼘 더 자랐습니다.

고맙습니다.

# 식물 같은 사람

우리 사무실에는 화초 남매가 산다. 두 달 전에 사무실 확장 이전 선물로 들어온 화분들이다. 나에게는 조금 유치한 버릇이 있는데 주변의 동식물이나 사물에 애칭을 붙여 부른다는 것. 성인 남성만큼 키가 큰 '황금죽'의 애칭은 '금죽이'다. 대나무처럼 마디마디가 나뉜 나무줄기가 열 개가량 솟아있고, 나무줄기 윗부분에는 길쭉하고 부드러운 이파리가 파인애플 꼭지처럼 삐쭉삐쭉 퍼져있다. '인삼이'는 유치원생 무릎 정도 올 정도로 아담한 분재다. 품명은 '인삼판다'로 독특하게 꼬인 회갈색 나무줄기가 멋스럽다. 잔가지에는 도톰하고 오백원 동전만 한 타원형 이파리가 무성하다.

요즘 이 화초 남매가 시원찮다. 금죽이의 이파리가 누르스름하게 말라가는가 싶더니 나무줄기 일부가 까맣게 변했다.

인삼이의 무성했던 이파리는 가을철 나뭇잎처럼 우수수 떨어져 절반이 민숭민숭하다. 추석 연휴 전에 어쩐지 시들시들해 보여서 물을 흠뻑 주고 갔는데 탈이 난 걸까? 물을 더 주자니 뿌리가 썩을 것 같고, 두고 보자니 말라 죽는 건 아닐지 걱정이다. 이러지도 저러지도 못한 채 내 속도 금죽이의 나무줄기처럼 까맣게 타들어 간다. 인터넷 검색도 해보고 책도 뒤적여 보지만 뾰족한 수를 모르겠다. 식물은 이래서 어렵다. 무엇을 원하는지 알 수가 없으니 말이다.

문득 단비가 떠올랐다. 십 년 전 열일곱의 나이로 세상을 떠난 우리 집 반려견이다. 포메라니안 종이었는데 주둥이가 길고 황갈색 긴 털이 풍성하여 산책하러 나가면 여우냐고 묻는 사람도 있었다. 생김새만이 아니라 하는 짓도 딱 여우였다. 배고프면 요란하게 짖으며 온 가족의 잠을 깨웠고, 목마르면 텅 빈 물그릇 옆에 쭈그리고 앉아 낑낑댔다. 배변이 급할 때는 목줄을 물고 와 산책하러 가자며 보채기도 했다.

그러고 보면 사람도 마찬가지다. 동물처럼 그때그때 의사 표현에 적극적인 사람이 있는가 하면 식물처럼 속내를 쉽게 드러내지 않는 사람도 있다. 전자는 직선적인 말과 행동으로 당황스럽게 할 때도 있지만 그 자리에서 바로 불만을 풀어내서 뒤끝은 별로 없다. 반면 후자는 눈치 없는 상대방이 마음에 생채기를 낼 때마다 삭이고 또 삭이다가 종국에는 완전히 돌아서 버리기도 한다. 뒤늦게 문제를 깨달은 상대방이 풀어보려 해도 이미 닫혀버린 마음은 돌이키기가 힘들다. 아프다고 진작 말했다면, 원하는 것을 솔직하게 말했다면, 최악으로 치닫진 않았을 텐데….

사무실에서 화초를 키우는 건 이번이 처음은 아니다. 올 초까지 다니던 회사에도 '도니'라고 부르던 일 미터가량 높이의 돈나무 한 그루가 있었다. 도톰하고 긴 초록색 나무줄기 예닐곱 개가 솟아있었고, 나무줄기 양쪽으로는 윤기가 흐르는 엄지만한 진초록 이파리가 대칭을 이루며 빼곡했다.

식물이란 식물은 다 죽어 나가던 척박한 사무실에서 유일하게 살아남은 그 돈나무로 말할 것 같으면 회사의 흥망성쇠를 함께해 온 존재다. 재작년 초에 회사가 어려워지자 죽을 듯 말 듯 줄기가 꺾이고 잎을 떨구더니 한 줄기 빛 같은 수주가 성사되자 이제 좀 살 것 같다는 듯 파릇파릇한 새 가지를 돋우기도 했다. 다달이 때 되면 물을 챙겨주는 건 나밖에 없어서 도니의 변화나 건강 상태를 내가 제일 빨리 알아차렸다. 한 달에 한 번 물을 주면서 도니의 상태가 좋아 보이면 '우리 회사가 잘 굴

러가고 있구나.' 하고 안심했고 시들해 보이면 회사가 요즘 힘든 시기를 겪는가 싶어 돈나무에 대고 '힘내!'하고 속삭였다.

그랬던 도니가 작년 봄쯤 내가 본 이래 최악으로 상태가 좋지 않았다. 자꾸만 꺾이는 줄기가 더 꺾이지 않게 지지대로 고정해주고 영양제도 꽂아주었는데 어찌 된 일인지 이파리가 더 노래지기만 하고 좋아질 기미가 보이지를 않았다. 도니가 죽을까 봐 걱정됐던 나는 회사 근처 화원에 데려갔다. 분갈이도 좋고 영양제도 좋으니 살아날 수 있게만 해주십사 요청하였는데 화원 주인은 아무것도 해주지 않고 돌려보냈다. 화분의 크기는 지금도 적당하다는 것이었다. 묵은 가지가 죽어야 새 가지가 돋는 것이니 걱정하지 말고 상한 가지가 더 번지지 않게 쳐내라고도 했다. 습기가 과하여 생긴 증상일 수도 있으니 물 주기를 더 띄엄띄엄 하라는 조언도 덧붙였다. 얼마 안 있어 화원 주인 말대로 도니는 연두색 새 줄기를 내보였다.

돌이켜보면 그때는 도니에게 내가 투영되어 더 신경이 쓰였던 것 같다. 입사한 지 오 년 차에 접어들었던 나는 매너리즘에 빠져 있었다. 이십 년 지기 친구가 오랜 회사 생활을 접고 어린 시절부터 품어온 꿈에 도전하는 것을 지켜보며 내 미래에 대해서도 고민이 많아지던 시기였다. 때마침 회사 내부적으로 묵은 문제들이 하나둘 드러나면서 회사의 비전에 회의가 들기도 했다.

  나와 성격이 맞지 않는 상사가 주는 스트레스도 나를 점점 말라가게 했다. 그가 사무실에 들어서는 기척만 들어도 웃음기가 사라졌다. 일상적인 말만 걸어도 짜증이 치밀어 오르다 보니 말수가 줄었고 어쩔 수 없이 대응할 때는 날카로운 어조를 숨길 수가 없었다. 입사 초기 나에게 잘 웃는 것이 장점이라고 칭찬하던 그는 내가 웃는 모습을 마지막으로 본 것이 언제인지 기억나지 않는다고 했다. 집안에 무슨 일이 있느냐, 애인과 헤어졌느냐, 다이어트를 너무 심하게 해서 예민한 것 아니냐, 도를 넘는 질문도 서슴지 않으며 더 속을 긁었다. 내 스트레스의 팔 할이 자기인지도 모르고 말이다. 한번은 나를 불러 자기가 잘못한 것이 있다면 대화로 풀자며 손을 내밀기도 했지만, 식물 같은 사람이었던 나는 그 손을 외면했다. 굳이 서로 부대끼며 맞추기보다는 내가 참고 넘기면 된다고 생각했다. 내가 받는 스트레스가 얼마나 심각한 수준인지 스스로 깨닫지 못했던 탓이다. 결국에는 만성두통, 생리불순, 불면증, 폭식증, 소화불량 같은 이상 증상이 몸에 나타나기 시작했다. 회사를 원망하는 마음은 더욱 커져만 갔다.

행복하지 않았다. 벗어나고 싶었다. 애사심도 열정도 거의 사그라진 상태였지만 회사에서 내가 쌓아온 것과 누리고 있는 것을 포기하기가 쉽지 않았다. 퇴사 후 맞닥뜨려야 할 새로운 세상이 두려워 결단을 내리지 못하고 있었다. 식물도 새 가지를 돋우려면 병든 줄기와 잎, 심지어 뿌리까지 잘라내야 한다는데 어째서 나는 케케묵고 곪아버린 것을 놓지 못하는 것인지 답답하기 그지없었다. 병든 일부를 잘라내지 않으면 건강한 줄기까지 병이 번져버린다는 돈나무처럼 내 미련이 나를 서서히 죽이고 있었다. 어렵게 마음먹고 사직서를 냈지만, 윗선의 반려에 퇴사를 번복하며 어영부영 일 년을 보내다가 올봄에 결국 퇴사했다. 마음이 회사에서 떠나니 업무에 실수가 잦아졌고 날 어르고 달래며 붙잡던 윗선에서도 더는 붙잡지 않았다. 진작 결단을 내렸다면 시간 낭비하지 않고 회사 사람들과 감정도 덜 상했을 텐데 참으로 바보 같았다.

우연인지 운명인지 돈나무도 내가 퇴사하던 그 주에 생명을 다하고 말았다. 마지막 출근 날 아침, 줄기가 완전히 썩어 쓰러져버린 도니의 모습을 보면서 미안하다고 속삭였다. 도니의 흉측한 마지막 모습이 꼭 내 모습 같았다. 내 우유부단함이 만들어낸 부끄러운 퇴장이었다.

오늘 아침 출근하자마자 화초 남매를 살펴보다가 눈이 번쩍 뜨였다. 인삼이가 이제 신고식을 다 치른 건지 연둣빛 새순을 내보이고 있었다. 어찌나 대견한지 동료 직원들을 불러 모아 팔불출 엄마처럼 자랑했다. 다 같이 웃고 떠드니 밤새 차가웠던 공기가 따뜻해지는 듯했다. 입사하고 가장 힘들다는 삼 개월 차가 그렇게 지나간다. 새 환경에 잘 적응한 인삼이와 나처럼 금죽이도 무사히 자리 잡았으면 하는 마음에 햇볕이 잘 드는 창가로 옮겨와 이파리를 닦아주었다.

## 간판이 없는 가게

   따로 시간 내어 운동하는 것을 싫어하는 내가 유일하게 하는 운동이 '걷기'다. 일이 끝나면 회사 앞 역에서 전철을 타지 않고 두세 정거장 걸어가서 타는 것으로 대신한다. 오후 여섯 시가 넘었지만, 아직 환해서 오늘은 세 정거장 걸어도 좋을 듯하다. 여름을 싫어하지만, 딱 하나 좋은 건 해가 길다는 점이다. 겨울에는 오래 걷고 싶어도 날이 금세 어두워져 그만두곤한다.

   그러고 보니 에세이 수업 지난주 주제가 '길을 걷다'였다. 아쉽게도 원고를 제출하진 못했지만. 이 수업을 일 년에 걸쳐 벌써 세 번째 듣고 있는데 원고를 제출하지 못한 건 이번이 처음이다. 더욱이 이번 기수는 수업을 이주 간격으로 진행한다. 일주 간격이었던 이전 기수보다 글 쓸 시간이 더 길어져 여유롭게 쓸 줄 알았는데 도무지 글이 써지질 않는다. 주어진 시간이 길어진 만큼 번뇌하는 시간만 길어졌을 뿐이다. 다른 글벗들은 나날이 글이 좋아져만 가는데 내 글은 답보도 아닌 퇴보 하고 있었다.

어제 결국 선생님께 전화를 걸어 수업에서 하차하겠다고 선언했다. 써지지 않는 글을 억지로 깁고 기워 내놓고 싶진 않았다. 혹자는 안 써지더라도 억지로 써야 맷집이 생긴다고 하지만 그렇게 써낸 글을 읽을 때마다 수치스러웠다. 이럴 땐 잠시 펜을 내려놓는 것도 한 방법이라고 생각했다. 하지만 말이 좋아 하차이지 결국 포기는 포기인지라 또 다른 자괴감이 몰려왔다. 지난 일 년 간 해온 것들이 모두 공으로 돌아간 느낌이었다. 연말쯤이면 나를 제외한 다른 글벗들의 글이 책으로 묶여 나올 것을 생각하니 더 그랬다. 그거였다. 작품집. 그게 문제였다.

이번 기수가 시작되기 전, 에세이 수업 선생님의 북카페 오픈 준비로 몇 달간의 공백이 있었다. 그동안 나에게도 변화가 있었다. 소설이라는 또 다른 글쓰기 장르에 빠져든 거다. 드디어 북카페가 오픈되어 에세이 수업 모집 공지가 새롭게 올라왔을 때 망설였다. 매주 많은 양의 과제를 소화해야 하는 소설

쓰기 수업과 병행하는 게 쉽지 않아 보였다. 그런데 이번 기수는 이전과는 다른 점이 한 가지 있었다. 작품집을 낸다는 것이었다. 거기에 걸려든 거다.

　글을 쓰는 사람이라면 프로든 아마추어든 간에 한 번쯤은 자신의 이름이 박힌 책을 내는 꿈을 꾸게 마련이다. 요즘은 자비출판이나 독립출판도 유행처럼 번지는 듯하다. 그렇지만 나는 내가 쓴 글이 꼭 책의 형태로 나와야 한다고 생각하진 않는다. 첫째는 책이 아니더라도 다양한 형태와 매체로 확장될 수 있는 '글의 힘'을 믿기 때문이고, 둘째는 글이 책이 되는 순간 '독자'를 필요로 하기 때문이다. 글의 중심이 '나'가 아닌 '남'이 되는 것이 두렵다. 어떻게 하면 팔리는 글, 화제성 있는 글을 쓸까 고민하는 상황에 나를 밀어 넣고 싶지는 않다. 어떤 상황에서도 자신을 잃지 않는 사람도 물론 있겠지만 나는 아직 그럴 자신이 없다.

　언젠가 책을 내더라도 지금 당장은 아니다. 작년에 정말 잘 샀다고 생각한 책 중 하나가 민명자 선생님의 수필집이었다. 수필로 등단하신 지 십사 년 만에 처음으로 내신 수필집이라고 한다. 한 작품 한 작품마다 깊은 사색, 삶의 향기, 작가의 빛깔이 느껴졌다. 마치 충분히 발효하여 붉게 우려낸 홍차처럼…. 서문에는 너무나 겸손하게도 "독자 없는 책 공해에 한몫 보태는 것 같아서." 수필집 내기를 망설였다고 적혀 있었다. "나를 드러내고 싶은 욕망과 나를 드러내는 것에 대한 두려움 사이에서 갈등했다."는 고백도 있었다. 마치 책이 SNS처럼 되어버려 책을 읽는 사람보다 책을 내는 사람이 더 많다고 느껴지는 요즘, 저 진중하고도 진솔한 말이 가슴에 강하게 와 닿았다. 나도 내가 충분히 영글었을 때 내 글을 세상에 내보이겠다는 결심도 했다.

그런데 그렇게 고아한 척 결심해놓고 작품집이란 세 글자에 혹하다니. 허황한 결심이었나. 굳이 핑계를 대자면 내 나름의 졸업앨범 같은 의미였다고나 할까. 지난 일 년 간 해온 것을 정리하는 무언가를 남기고 싶었다. 그렇다 해도 작품집에 실린다는 사실만으로 그 부담의 무게를 이기지 못하고 한 문장도 마침표를 찍지 못하는 걸 보면 역시 밑바닥에는 과욕이 있었나 보다. 다른 사람에게 보이는 글이니 더 잘 써서 뽐내고 칭찬받고 싶은 욕심, 못난 모습은 감추고 괜찮은 사람으로 보이고 싶은 욕심 따위 말이다.

이직한 지 일 년 하고도, 한 달이 되어간다. 지금 걷는 이 길을 주말 빼고 거의 매일 걸었으니 약 이백팔십 번은 걸은 셈이다. 이젠 지도도 그릴 만큼 속속들이 빠삭하다. 말차 마카롱의 풍미가 끝내주는 디저트 카페, 주꾸미를 갈아 넣어 식감이 쫀득한 만둣가게, 떡볶이 일 인분만 시켜도 순대나 삶은 달걀을 얹어 주는 인심 좋은 분식집이 오늘도 유혹했지만, 여기에 넘어가면 일부러 세 정거장을 걸어가는 보람이 없으므로 애써 외면하며 발걸음을 재촉했다.

그런데 어제와는 다른 풍경 하나가 발목을 붙잡았다. 텅 빈 가게다. 사람이 살던 곳은 흔적이 조금은 남게 마련인데 정말 깨끗이도 비웠다. 쇼윈도 너머로는 벽지까지 남김없이 다 뜯겨 얼룩이 덕지덕지한 시멘트벽만 보였다. 간판마저 떼어가 버렸다. 뭐하던 가게였더라? 눈을 가늘게 뜨며 뇌를 쥐어짜 봐도 도통 기억나질 않았다. 원래 나란 인간이 관심 있는 데만 관심 있고 그 외에는 냉정하게 무심하단 걸 알았지만 이 정도였나. 내가 기억 못 하는 걸 보니 음식점이 아니었단 것만은 확실해 보였다.

이 가게는 여기에 얼마나 오래 있었을까. 처음 문을 열었을 때는 더 오래오래 번창하길 바랐을 것이다. 폐업한 것일까? 이전한 것일까? 떠날 때는 어떤 기분이었을까? 아니다, 이민을 간 것일 수도, 장사가 너무 잘 돼서 확장 이전 한 것일 수도 있는데 내가 너무 부정적으로만 생각하는 걸지도 몰랐다. 그때였다. 텅 빈 내부를 비추던 쇼윈도 위로 내 모습이 비쳤다.

'매일같이 걸었던 이 거리에서 네가 사라지더라도 아무도 눈치채지 못할 거야.'

유리 너머 잿빛 시멘트벽이 서늘하게 비웃었다.

누구에게도 기억되지 못한다는 것은 서글픈 일이다. 그래서 나는 이렇듯 무언가를 쓰는 걸까? 누군가에게 기억되기 위해서? 나는 언젠가 사라지겠지만 내 글은 적어도 내 육신보다는 더 오래 남아있을 수 있으니까?

기억을 거슬러 올라가 보면, 내가 처음 글을 쓰기 시작한 건 일기였다. 일기를 쓴 건 기억하기 위함이었다. 다른 누구도 아닌 나를 위해서. 지금도 그렇다. 에세이를 쓸 때도, 최근 도전을 시작한 소설을 쓸 때도, 그 원천은 내 기억이다. 지금 당장은 쓰지 못하더라도 언젠가는 하나의 글로 완성하고 싶은 기억이 떠오를 때마다 그것이 흩어질세라 급하게 블로그나 메모장에 모으고 또 모아둔다. 그 모아둔 기록이나 지난 일기를 나중에 다시 펼쳐보면 내 머릿속의 기억과 달라서 당황스러울 때도 있다. 인간이란 불완전하고 간사한 동물이라 기억하고 싶은 것만 기억하거나, 자신에게 유리하게 왜곡해서 기억하기 때문이다. 그렇게 사라지는 것들을 잡아두고 싶었다. 왜곡된 것들을 바로 잡고 싶었다. 잊었다고 생각했으나 심연 어딘가에서 나를 붙들어 매는 매듭을 풀어내고 싶었다. '기억하고자 하는 마음'은 그렇게 나를 계속해서 쓰게 했다.

　'기억하고자 쓰는 것'과 '기억되고자 쓰는 것' 이 두 가지를 구분하는 것은 미묘하다. 이 두 가지 동기는 검의 양날처럼 공존하기도 하고, 서로에게서 비롯되는 부분도 있기 때문이다. 하지만 이 두 동기에서 균형을 잡지 못하고 '기억되고 싶은 마음'으로 더 기울어질 때 글이 표류한다.

　글을 쓴다는 것은 우물에서 물을 퍼내는 일 같다고 느끼곤 한다. 우물 밑바닥에 빠진 '무엇'을 꺼내려고 끊임없이 물을 퍼내는 거다. 그 밑에 있는 것이 정확히 어떤 모습이었는지는 나도 모른다. 거기에 있다는 것만 안다. 힘들게 물을 퍼내면서도 한편으론 불안하다. 꺼내고 싶지만 꺼내고 싶지 않은 마음, 내가 원하던 것이 아닐지도 모른다는 두려움, 갈피를 잡지 못하고 피어오르는 온갖 상념들…. 바가지로 퍼내고 퍼내도 자꾸 물이 고인다. 수많은 사심과 싸우며 마침내 고인 물을 다 퍼내었을 때 마주하게 되는 것. 그것이 내가 진짜로 쓰고 싶었던 실체다.